渡部志麻

著

真爱无渡

青岛出版集团 | 青岛出版社

图书在版编目（CIP）数据

真爱无渡/渡部志麻著. —青岛：青岛出版社，2023.11
ISBN 978-7-5736-1526-8

I.①真… II.①渡… III.①短篇小说－小说集－中国－当代 IV.①I247.7

中国国家版本馆CIP数据核字（2023）第181049号

ZHENAI WU DU

书　　名	真爱无渡
作　　者	渡部志麻
出版发行	青岛出版社（青岛市崂山区海尔路182号）
本社网址	http://www.qdpub.com
邮购电话	18613853563
责任编辑	郭红霞
特约编辑	徐晓辰
校　　对	李玮然
装帧设计	蒋　晴
照　　排	梁　霞
印　　刷	三河市良远印务有限公司
出版日期	2023年11月第1版　2023年11月第1次印刷
开　　本	32开（880mm×1230mm）
印　　张	8
字　　数	185千
书　　号	ISBN 978-7-5736-1526-8
定　　价	45.00元

编校印装质量、盗版监督服务电话 4006532017　0532-68068050

目　录

接近女神的正确方法

CARRYING A TORCH FOR HER

有些话，出口简单，成真却难。

1. 球 赛

"臣航。"连堂的专业课刚到课间，林昊渊就鬼鬼祟祟地把我从教室里喊出来，揽住我的肩膀，用眼神示意我从窗外往里看。

他长得太显眼，光是站在教室门口就能引起走廊上一阵阵的窃窃私语。

我实在不愿意加入被女生用视线聚焦的对象里，赶紧乖乖地顺着他示意的方向看去，目光落在一个女生完美的侧脸上——那女生是罗卓薇，我们院里出名的漂亮女生，被一众单身雄性奉为"最后的女神"。

其原因，一个是她漂亮到能把再土的衣服都穿得让人觉得可爱，另一个是她从入学至今都没有男朋友。

"罗卓薇，我想追她。"他朝我做了个口型，给了我一个相当轻佻但是帅哥做起来女生就不会觉得轻佻的眼神，"你跟她熟不熟？"

我和林昊渊这个垃圾的孽缘可以用年作为单位计算，我用脚指头想都知道，林昊渊肯定是想借着我和罗卓薇同班的关系让我帮他套近乎。

按理来说，我不会拒绝帮林昊渊这种忙。

毕竟只要在学校里报出林昊渊的名字，他想追的女生百分之九十都会同意，剩下的有百分之九一定是没见过他的脸或者照片，再剩下的不是有男朋友的，就是还没有人攻下的"高岭之花"。

罗卓薇就属于那剩下的百分之一。

她看起来温柔，一副脾气很好总是含笑的样子。但是去年情人节的时候，我目击到她面无表情地把男生硬塞给她的巧克力全部倒在校舍后面的垃圾桶里的场景。

综上所述，我不觉得我能帮着林昊渊搞定罗卓薇。

"不熟。"我掰开林昊渊卡住我脖子的手，翻了个白眼给他，转身准备回教室接着玩手机，却又被他扯着领子拽回去，差点儿没被勒死，"我——"

我真是迟早要被这个混账整得折寿。

我咳了几下，正回我的衣领，摆正了态度，试图和被美色冲昏头脑的林昊渊沟通："哥，不是我不帮你，罗卓薇她不吃你平时那一套的。"

到时候万一"撩妹"失败了，他肯定跟没事人一样，我还要做人！我和她是同班同学！

"别别别！你现在才是我的哥。臣航，臣哥，讲点儿义气。"林昊渊讨好人的时候真的非常没脸没皮，不知道从哪里摸出来一把车钥匙，笑嘻嘻地塞到我的衬衫口袋里，"家里老头儿刚买的。半个月，怎么样？"

一看这车钥匙就知道，那肯定是辆拉风到不行的超级跑车……我可耻地有点儿心动："真……真的帮不了。"

我家里管我比林昊渊家里管他要严厉很多，我的老爸没有林昊渊家的老头儿好糊弄。

我想摸车没那么容易，想换车更是要拿成绩说话。

我觉得我开始动摇了，趁着良心还在，赶紧摸摸胸口，想要把钥匙拎出来丢回给林昊渊。

结果这厮看出我的意图，按着我的手开始丧心病狂地加码："一个半月。"

"不是，这个真的……"

"三个月！"

我不做人了："成交。"

我收了林昊渊的贿赂就得马上办事，不然他绝对能把人从早烦到晚，在微信上找我的频率能比以前那些女生找他的频率还高。

正巧这节课上罗卓薇就坐在我的位子后面。她人气爆棚，平时各路豺狼虎豹对她前后排的座位虎视眈眈，厚脸皮挤来就是为了与她同座。平时与我要好的饭友也是豺狼虎豹的一员，今天他好不容易抢到女神周围的宝座，又不好意思一个人黏过去，这就拉上了我这个无辜路人——我没有哪一刻比现在更感谢他，不然如果我单独跑去罗卓薇的座位上找她……虽然也没什么问题，但是给人的感觉大概会是我对她有所企图——虽然现在的状况也算是"有所企图"的一种。

趁着课间休息，我转过身去试图跟罗卓薇搭话。

她恰好还在座位上，没有被她的朋友拉着一起上厕所。

我松了口气，摆出往常的笑脸喊她的名字："罗卓薇。"

她正弯着腰在收拾抽屉里的专业书，听到有人叫她，很快就抬起头来，头发因为她低头的动作落了些到脸颊上。

罗卓薇注意到是我在叫她，抬手把发丝别到耳后，对我笑了笑："怎么了？"

"呃……就……"她的笑容让我原本松松垮垮地斜靠在椅背上的身体僵硬了一下，我下意识地换成了端正点儿的姿势，脑袋像是一瞬间过了电一样，忘了刚才自己想好的话语，"就是……"

是因为她出色的外貌吗？她紧紧锁着我视线的目光居然让我感到有点儿慌张，平时就算扯谎也得心应手的我仿佛失去了所有的语言组织能力。

其实现实里的时间可能连 0.01 秒都没有吧，可是那种过电的感觉一瞬间让人心悸。

我用余光瞥到班长正拿着手机往这边走过来，电光石火间，脑回路终于接上了方才和林昊渊在微信上说好的事情："篮球赛！对，下午跟数院的篮球赛，能不能请你帮个忙，带一下啦啦队？"为了防止"啦啦队"这个词会产生令人遐想的误会，我赶紧补充道，"你到场就可以了，不用干什么的！"

我非常担心罗卓薇会拒绝，毕竟我这套说辞也太像在蹩脚地套近乎了——但是我真的超想试试林昊渊那辆据说性能超级好的跑车——我不由得紧紧地盯着罗卓薇，试图让自己的表情在祈求之余不会显得太过奇怪。

"学院男篮友谊赛是吧？"这个请求并不过分，而且一向表现乖巧的罗卓薇应该还是挺有学院荣誉感的。

她想了一下，然后点点头，答应了："到场就可以了吗？啦啦队是不是要给队员发水什么的？"

跑车！一半到手了！

"那个随你，嫌累嫌重的话不发也可以的。"事情顺利得不可思议，我都仿佛感觉到跑车开起来的时候迎面吹来的风了，"一箱水发下来也辛苦，让男生们自己拿就好了。"

顺利邀请到了罗卓薇去看比赛的完美成果让我心情不错，一开始那种微妙的客气氛围也自然消散。

我和班里所有人的关系都不错，也不是第一次和罗卓薇这朵"高岭之花"讲话，于是干脆放弃了侧过身来和罗卓薇说话的姿势，转身面对着她，双手撑在椅背上笑眯眯地和她开玩笑："当然，你愿意的话，球队那群人会很高兴就是了。"

"球队……"罗卓薇先是愣了一下，随后又微笑起来，像是有点儿不自知，又像是在接我的玩笑，"送水的话，不是谁送都很开心的吗？"

果然她这样的漂亮女生笑起来就会让人心里酥酥的。

"话是这么说没错啦……不过你去给队员送水，他们没开心死都算好的了。"

我本来还在犹豫这句有点儿轻佻的话该不该说，后来转念一想，横竖自己没必要在罗卓薇面前提升什么好感度。倒不如说万一她对我的印象减分了，从某种意义上来说也能帮林昊渊一把——让他在耍帅的时候多一个不同凡响的风头。

"这样吗？"出乎我的意料，罗卓薇对我露出了一个笑容，不知道为什么，我看出了一点儿揶揄的意思。

我说了什么好笑的话吗？我有些迷茫地跟着笑了笑。

"抱歉，先说到这里，我要去打杯水。"随后她移开视线，拿起放置在桌上的水杯。

"嗯，好，你去吧。"我抬腕看了一下时间，发现休息时间所剩无几，连忙摆摆手，示意她快去。

谈话结束得有点儿突然，虽然说实际上我们再聊下去，估计也没什么可以说的了，但我还是感到了某种轻微的不适感，有种开了不合时宜的玩笑，因而惹得她不快然后离开的担忧。

希望林狗渊这家伙一切顺利啊……

我抓了抓头发——老实说，这种蓬松柔软的头发放在不是帅哥的人身上只有难打理一个坏处——想着去林昊渊他们班找他详细沟通一下他如何在篮球赛上大放异彩让罗卓薇神魂颠倒的事项，结果却被赶过来的班长堵回座位上。班长将正在填写页面的手机屏幕伸到我眼前："宝矿力还是纯净水？主力前锋可以要两瓶。"

　　课间休息快结束了，我急着去找林昊渊，于是就随便摆了摆手："都行都行，我那两瓶都随你……"

　　"随你挑"的"挑"还没说出口，正准备抄近路翻过空座位的我突然醒悟——

　　送水；

　　队员；

　　开心……到死。

　　这三者结合在一起的意思就是：刚才那个小玩笑的适用对象，包括了我自己。

　　我脚下一滑，膝盖直接撞上了连排的空座椅，险些摔个够呛。

　　"唉……让你嘴快，让你嘴快。"

　　我在一片欢呼和嘲笑声中撑起膝盖，想想自己对罗卓薇说的话，再想想罗卓薇临走前的那个笑容，真切地感受到自己真有病。

　　回想起来还脸红了的我更是病得不轻。

　　下午的篮球赛，罗卓薇如约而来。

　　她实在是漂亮得不像话，不需要做任何事，光是静静地站在我们学院休息区的样子，就够让数院的那群和尚羡慕死了。

　　当然，林昊渊这家伙也不遑多让。

　　他在休息区里漫不经心地和别人调笑，休息区被无数前来看比赛的女生包围了，我甚至看到几张熟悉的面孔混进了他们学院的啦啦队里——那是我们专业的女生。我失笑地环顾了一圈，不由得暗自摇了摇头，感叹俊男美女的杀伤力果然强。

距离比赛开始还有十分钟，我坐在场外的凳子上调整腕带，看了一眼沐浴在女生目光中的林昊渊，显然他也注意到罗卓薇到场了。

因为碍事而被我放在凳子边上的手机"嗡嗡"作响，我拿起来一看，果然是林昊渊这小子来拍马屁的微信。

林狗渊："还是你有办法。"

CHEN："当然。"

能让这狗东西献殷勤的机会可不多，我自然要嘚瑟一下，虽然这都托了罗卓薇好说话的福。

林狗渊："之前也有人叫过罗卓薇出来看比赛，她全都直接拒绝了。"

林狗渊："你灌了什么迷魂汤让她答应来看？"

林昊渊这家伙说话永远都会带点儿暧昧色彩，我没好气地按键输入："此汤名为同学情谊。"

CHEN："她人挺好的。"

我正准备跟林昊渊详细询问罗卓薇从来不看比赛是什么情况时，侧脸突然被贴上什么，一阵刺激皮肤的凉意沁入毛孔。

我下意识地瑟缩了一下，回过头看清恶作剧的人是谁时，吓得立马把手机猛地反扣在大腿上："罗卓薇！"

"我来给我们的主力送水了。"罗卓薇没有追究我慌乱的动作，保持着那种幅度不大的微笑，见我看向她，顺势把两瓶水放到旁边空着的凳子上，"给，宝矿力和纯净水各拿了一瓶。"

"谢谢你。"我有些尴尬，也不知道她刚才有没有看到我和林昊渊的对话……

我心虚地把手机也放到那个空凳子上，视线不由自主地落到了罗卓薇带给我的两瓶水上。

两瓶水的瓶身还冒着寒气，滚落的水珠很快在凳子上形成一小摊水渍。

我瞥了一眼不远处堆在休息区的几箱水，它们毫无遮挡地暴露在阳光下——用班费统一买的整箱水可没有冰镇的待遇。

这两瓶是她另买的？这个认知让我有些不知所措，我连罗卓薇的脸都莫名其妙地有些不敢看。

我别过脸，头一次痛恨自己为什么不是那种粗枝大叶、不拘小节的猛男，只能摸摸右耳上的耳钉假装若无其事："这么热的天有冷水喝真是得救了。"

"班长让人抬了一箱水去小卖部换冰镇的了，我只是先给前锋送两瓶。"罗卓薇像是猜到我会想什么一样，温声解释道。

我想给飘飘然了一秒钟的自己一巴掌，心里头也不知道是松了口气还是遗憾地塌了一块。

我拨弄了一下头发——太柔软的头发总是软趴趴地耷拉在脑袋上，视觉上总是显得有点儿长——右耳耳骨上打了一排的耳钉因此露了出来。罗卓薇眼尖地看到，像是有些好奇地凑近了我一点儿："没想到你会戴这种耳钉。"

在耳骨上打耳洞看起来总是比在耳垂上打叛逆，但其实我只是单纯因为喜欢在那个位置戴耳饰而已。

接着她看到了我正准备摘下耳钉的动作："要把它们都摘下来吗？"

"怕一会儿撞掉了就找不到了。"我点点头。

女孩子身上总是有一种形容不出的香香的味道，罗卓薇身上也有。她凑过来的时候，我感觉有一股隐隐约约的甜味往鼻腔里钻。我觉得这样感受同班同学的味道实在有点儿变态，于是条件反射地想把凳子稍微往后蹭一点儿……还好忍住了。

我飞快地把耳钉全部摘了下来。

正当我左顾右盼，犹豫要把这些容易丢的小东西放哪里时，罗卓薇对我伸出了手："我帮你保管吧，刚好我打算就坐在这边看比赛。"

"那就先谢谢你了。"我顿了一下，随即把耳钉小心地放到她的手心里。

"你要坐在这里看比赛的话……"夏季下午的太阳跟中午一样毒辣，我看到把篮球场围了一圈的女生基本打着伞，而这个位子没有遮阳伞，罗卓薇也好像没有带伞。

赛前准备时间快要结束了，队友在不远处催促我过去学习一些一会儿在场上互喷的垃圾话——虽然我觉得他们喊我百分之八十的可能性是他们不想看到我和罗卓薇似乎聊得很愉快的样子。

"我包里有件多余的运动服外套。"我给罗卓薇指了指被我随便放在地上的书包，"你怕晒的话可以拿来挡一下阳光。"

因为家里有姐姐，所以女生在意什么我还是知道一点儿的……

没等罗卓薇回应我，我在走之前转过身，强调一般补充道："那件刚洗完，我还没穿过，所以不会有什么奇怪的汗味之类的。"

2. 她的觉察

比赛结束倒计时三分钟。

50 ：51。

我们院还差一分。

我感觉到林昊渊想追罗卓薇的决心了——那家伙虽然挺喜欢打球的，但平时绝对不会用尽全力把自己搞得汗流浃背。因为他觉得这样不够帅得游刃有余。

但此时此刻，在"高岭之花"的面前，他愣是像一只开了屏的孔雀，恨不得360度无死角地发散他的魅力。

我有些无语地看着林昊渊在进了一个球后故意面对罗卓薇所在的观众席，展现了他最有自信的45度侧脸，附加汗水从下巴滑过脖颈，再没进宽松的球服遮不住的胸口。

他愣是把一场友谊赛搞成热火朝天的对抗赛，再配合外围一圈女生的吸气声和惊天动地的尖叫声，确实风骚得像只花孔雀。

扫了记分牌一眼，我也侧过脸看了看罗卓薇。

只可惜林昊渊这一波操作完全就是媚眼抛给瞎子看：罗卓薇顶着我的外套遮阳看比赛的样子简直正儿八经过头了，恐怕她的视线大部分时间在认真地追着那个篮球跑，完全没有在意对方球队的前锋是个大帅哥。

林狗渊，惨。

我无比同情地收回视线，往回跑防人的时候注意到队友给我比了个"切"的手势——看来班里的同学也被林昊渊突然的热情搞得有点儿上头，原本被太阳晒得有点儿蔫的队友纷纷跟打了鸡血似的，想尽一切办法要压住林昊渊的风头。

瞧我们隔壁专业来打支援的后卫，脏话都快急出来了："臣航！你别是因为和林昊渊关系好在放水吧？快别让他继续显摆了！"

知道了，知道了……

我无奈地回了个"好"的手势。

队友看到我稍微减慢的脚步，便知道我明白他的意思了，于是放心地使了个眼色，暗示另外一个人一起去包抄林昊渊。

看出包抄意图的林昊渊挑了挑眉，不紧不慢地继续运球："就这样还想拦我？"

林昊渊已经接近三分线了，我知道他不会故意周旋，拖时间来赢，而是一定会投三分球——因为林昊渊最得意的就是他的线外三分球。

篮球在他手里简直就像是听话的玩具，围着他的两个人根本找不到断球的机会。

林昊渊胜券在握的挑衅模样确实有点儿嚣张，但是我知道他也确实有这个资本。

队友拦了上去，林昊渊微微一笑，抬手投出三分球的同时不忘嘴欠："拜托，在我面前放一辆自行车都比你俩强吧？"

唉……这家伙真是。

在球脱手的瞬间，我从两个队友故意留出的空隙中抄过去，在林昊渊的注视下把球抄截。

带着球迅速转身往回跑的同时，我也没忘回一句挑衅的垃圾话给他："下次你也放辆自行车来防我吧！"

"你！臣航！"

"你们最近有没有觉得臣航有点儿帅啊？"这是罗卓薇最近时常听到的女生之间的讨论。

"我懂！就是上次篮球赛，最后三分钟的断球——"罗卓薇打完水走到座位上时正巧听到的就是这句。

她安静地放下水杯，不由得也想起了上周球赛现场的场景。

注意到罗卓薇到场，其中一个女生试图让她也加入话题："卓薇，你那天在那个位置应该看得最清楚吧？你觉得怎么样？"

怎么样？是哪种"怎么样"？

视线对上那个女生因为话题而兴奋到微微泛着粉红的脸颊，罗卓薇忽略了自己脑海里的不合时宜的声音，轻轻地笑起来："嗯，很帅啊。"

本来，在球场里尽情挥洒雄性激素就能够轻而易举地给男生戴上一层帅气的光环。但当时臣航带给人的那种感觉，实在不能够被算作那种简单的、浅薄的吊桥效应。

大概是天生有笑唇的原因，臣航平时给人的感觉总是笑眯眯的，带着一种好说话的温和，再加上他的脾气确实也不错，无形之中便使得他整个人看起来没有一点儿攻击性。

没有攻击性，就显得他有那么些没有性别感。

他的家教放在那里，致使班里的女生面对他时都是绝对放松的。她们喜欢跟他开玩笑，说点儿无关紧要的日常琐事——说得稍微失礼一点儿，比起其他举止粗鲁的、有侵略性的男生，她们和臣航相处，就跟和同性相处没什么区别。

毕竟这个年纪的女生眼里，她们所青睐的帅气男生都是张扬而充满了具有攻击性的美感的。

毕竟，在少女的梦中，她们渴望的大多是凌厉的独占欲和暧昧的掠夺。

而在抄截球的那个瞬间，臣航没有在笑，甚至那弯弯的、天生微挑的漂亮嘴角，在他认真的神情下也显出几分对结果不甚在意的冷酷。

人大抵都难以抵抗反差感的魅力，因此臣航表现出的这份非同寻常，难免让人心悸几分。

罗卓薇给予的肯定回答让女生兴奋地追问："也就是说，卓薇你也觉得他挺帅的，对吧？"

罗卓薇点头，配合地微笑："是啊。"

只是罗卓薇实在是太漂亮了，因此由她说出这种话的时候，女同学们并没有察觉到这句话肯定其实听起来有点儿暧昧。

"卓薇脾气真好。"她们只是把这当作一种对同学的客气，"不过无论我们问谁，卓薇你一定都只会说很帅。"

罗卓薇没有否认，不再说话，而是捧着水杯静静地听着她们接着评论男生的话题。

其间她走了一会儿神，旁边围坐的几个女生的讨论还在继续，不过话题的中心难免渐渐地滑向了林昊渊。毕竟这种讨论男生的话题，她们不可避免地会提到最英俊的那个。

关于臣航的话题终止了，原因是他从教室外回到座位上，女生们没好意思继续当着当事人的面讨论。

罗卓薇不露痕迹地侧过脸，目光落在坐回座位上的臣航身上。

他大概是刚从小卖部回来，左手拿着一罐可乐，易拉罐还在冒着寒气。

他的桌上息屏的笔记本电脑和两本专业书被他有些随意地推到一旁，接着那罐可乐被他搁在桌上。修长的手指轻轻地搭在罐沿上，他用食指钩住拉环，只需微微用力，骨节便随着他施力的方向微动，在他的手背上勾勒出筋脉凸起的轮廓。

水渍在桌面上晕开小小的一圈，"吧嗒"一声，冷气便争先恐后地从那个小小的豁口钻出来。而那个金属质感的拉环也正因为是套在那样的手指上，在那个片刻便显得不那么廉价。

单手开易拉罐……

罗卓薇知道自己已经有点儿看过头了。她在心里告诉自己不要再去看，但是不知为何，视线就是没有办法从那上面移开。

男生真是一种迟钝到可恶的生物。罗卓薇强迫自己把视线挪回桌面上正停留在输入页的电脑上。

他们——不，他一定不知道自己偶尔会被异性这样观察吧，也不知道某种时候他漫不经心、毫不在意地做出的举动是那样惹人注意。

他不刻意，无知无觉。但偏偏就是这种微不足道的，甚至不值得被关注的小动作，却轻而易举地把人心中的火苗点燃。

她为什么要发现这些？

她为什么总会无意识地观察他？

偏偏方才女生们的问题不合时宜地在她的脑海里出现："你觉得怎么样？"

罗卓薇微微闭上眼，想起了上周的篮球比赛。

臣航的耳钉还在她的手里，所以比赛结束的时候，他理所当然地朝她的方向走去。

因为这里的观众席没有遮阳伞，所以只有罗卓薇一个人坐在这边，陪着孤零零的她的只有臣航的包和他的外套。

所以也只有她看到，热得有些发晕的少年像大狗狗一样甩了甩湿漉漉的头发，毫不在意地撩起球服的下摆擦汗，没有自觉地露出小腹上形状漂亮的腹肌，汗水顺着线条滚落，没入裤边。

罗卓薇察觉到，她窥见了连臣航自己都尚未明了的，他的危险性。

3. 她的想法

罗卓薇认识臣航是在刚入学的时候。

在一众或时髦或朴素的私服中，臣航显得有那么一点点不合群——倒不是因为他的衣服有多时髦或是有多土，而是它们看起来贵过头了。

虽然是白色的 T 恤和破洞水洗牛仔裤配上球鞋的简约风打扮，但是罗卓薇看到了印在他胸口上的标志——价格保守估计四位数起步。

当时臣航的头发还没有那么长，所以她可以清楚地看到他戴在耳骨上的耳钉是张扬的坠链式，细细的银链系着耳垂上的耳饰：是用细碎的水钻拼成的两个小小的反向半圆。

活生生的"小开"……罗卓薇在心里默默评价着，顺手把臣航划分在"最好不要接近"的范围里——她因为长得漂亮，从小就受够了那些富家子弟或轻浮或真实的调戏和示爱。

话说，那样的耳钉真的没问题吗？虽然男生戴耳钉也很正常，但是他耳朵上的那个还是有点儿过了吧？

他本人看起来也有那么一点点无措，大概是没有想到在公立的大学里，这样出挑的打扮是很容易被人暗地里讨论的。

看他微微皱眉的样子，罗卓薇还以为过惯了娇贵日子的少爷会对此感到生气。但出乎意料的是，臣航只是有些苦恼地抓抓头发，假装没听见那些其实音量有些大的讨论。

然后第二天，罗卓薇发现臣航把私服换成了一身的潮牌，虽然比起昨天的确实便宜了不少，但是……

罗卓薇不知为何有些失笑，用书本遮住自己的大半张脸，悄悄地瞥了一眼少年的耳骨上明显比昨天低调了许多倍的耳钉，抿了抿想要偷偷扬起来的唇——

恐怕在毕业之前，这些就是他衣柜里最便宜的衣服了吧？

入学的插曲只是让罗卓薇记住了有这么一号人，她真正开始在意臣航则是源于一个意外。

情人节的那天，当罗卓薇正面无表情地处理男生们硬塞给她的巧克力时，不慎被跑到校舍后喂流浪狗的臣航撞见。

大概是平时待人有礼、说话轻声细语、神色温柔的"高岭之花"如此冷酷的一面确实让人感到十足的震撼，少年手里提着的袋装狗粮"吧嗒"一声掉到地上。伴随这重物落地的响声出现的，还有他脸上不可置信到茫然的表情。

罗卓薇在那个瞬间其实是想过在同班同学面前遮掩一下的，但是这种场景实在无从掩饰，没法儿糊弄过关——她手上还拿着被包裹得漂亮精美的礼物盒，而她面前的垃圾箱里则散落着包装都没被拆开的巧克力，地上还散落着不少原本插在绸带里面的贺卡和纸条。这个场面怎么看都是平时柔情似水的"女神大人"在丢弃爱慕者赠送的礼物。

几张便笺纸乘着风，轻飘飘地落在了不远处的臣航的面前。

"……"

两个人都没有说话，也不知道此时该说些什么才好。

这样僵持的局面持续了片刻，是臣航先挪开了视线。

他的表情有些复杂，大概是终于从"温柔的校园女神原来私底下这么看不起那些喜欢她的男生"的冲击中回过神来，他弯下腰，试图捡起距离他最近的那张便笺。

察觉到他的动作的罗卓薇，连浅棕色的瞳仁都微微颤抖起来。她从来没有发出过如此尖锐且羞恼的声音："不要捡！"

但已经晚了，臣航伸手把小小的便笺纸拾了起来，用双手展平纸面，午后的阳光明亮，足够让他看清上面写了什么话——

"收了这个就考虑和我玩玩吧！"

这个"玩玩"浅显易懂，却意味深长。

臣航皱起眉，刚想说点儿什么，手上的便笺纸就被走过来的罗卓薇"唰"的一下夺走了，他右手的虎口处因为她用力抽走纸的动作而被划出了一条细小的血痕。臣航没有说什么，瞥了一眼那条血痕以后便抬起眼看向对方。

结果映入他的眼帘的，是罗卓薇湿漉漉的眼眶，以及她因为羞恼泛着微红的脸。

她咬着嘴唇把那张便笺揉成团，随后用力地丢进垃圾桶里。她的脚边还散落着不少字条和贺卡，哪怕不用一张张捡起来确认，他也能猜到上面都是这种轻佻无礼的挑逗话语。

罗卓薇看了一眼因为那张便笺而失语的臣航，垂下眼沉默地继续处理那些别有用心的礼物，被扎起的长发因为重力软软地垂在她的肩上，又由于她的动作滑至身后。

她的长相原本就清纯美丽，此时此刻，她长长的睫毛上还挂着方才因为激动和羞恼而流出的泪水，脚下又踩着这样的污言秽语，看起来格外惹人怜惜。

"那个……丢在这里的话，其他人过来可能会看到。"半晌，罗卓薇听到臣航这么说道。

他把语气和声音都放得很轻，像是照顾她的情绪。

而与一般男生的沙哑磁性不同，臣航的声音非常清澈，如同变声期没有给他带来什么变化，是干净而充满着朝气的声音——

"我和你一起把这些丢到校外的垃圾箱里去。"

他甚至都没用"陪"这个字。

这样的话，她会在意也很正常吧？只是，这种在意的程度到底有多大呢？

她又该如何衡量、在何处安放这些还没有说出口的在意，以及这种无法被定义的心情？

同班将近一年半，她和他也聊过天，组过小组，和其他同学凑在一起写过作业。臣航对她总是很客气，很温柔，偶尔也会对她开一些无伤大雅的小玩笑。

可是臣航对所有同学——无论男女——都是这种态度，毫无偏颇，不献殷勤。

他在这种时候就会被轻而易举地分辨出与其他人的区别：对她温柔和客气是因为他的家教，因为他自身的正直和善良，而不是因为对她有别的想法。

可是他并不知道，于她而言，他或许是特别的。

有多特别？特别到——如果是他的手，罗卓薇就不会觉得讨厌和恶心。

如果是那双漂亮修长的手……无论是强硬地拉住她，还是抚摩她的脸，或者是点在她的嘴唇上也好，抑或是……

同时，她也很想主动触碰他。

每次臣航带着困意抓抓他那头柔软蓬松的头发时，坐在他后座的罗卓薇就很想也把手伸过去，捋一捋那像小动物的绒毛一般柔软的头发。

还有篮球赛那会儿，臣航把耳侧偏长的头发别在耳后，垂着眼把耳钉戴回去的姿态，让她莫名其妙地产生了一种奇怪的想法：她想要帮他戴上耳钉，而并不是只能微笑着帮他小心保管好那些看着就很贵的耳饰。

如果是臣航……如果是他跟其他那些靠近自己的男生一样，带着盲目的强势说喜欢她的话……

罗卓薇发现自己可能说不出拒绝的话。

这怎么可以？！被自己的想法一震，罗卓薇有些慌乱地支起身子，用没有握住笔的另一只手捂着脸，脸颊发烫的温度从指尖传到神经末梢。

原本涣散的视线终于晕乎乎地聚焦在桌面上摊开的笔记本上，上面密密麻麻的字迹让她回过神来。

她刚才是睡着了吗？罗卓薇苦笑一下，用手背揉了揉眼睛。

随后她感觉到有什么东西随着自己直起身子的动作而从她的肩上滑下，软绵绵地堆在座位上。她扭过头把那个东西捞起来，拿到眼前——是臣航的校服外套。

"……"

臣航虽然温柔，但并不会就这么不打招呼地将自己的外套披在不知情的女生身上——他从不逾越与异性交往的雷池。

意识到有什么不对劲的罗卓薇，抬眼看向座位的前方。

果然，如她所料，她的视线对上的便是臣航的脸。他如同平时和她说话那样，反过来坐在椅子上，懒洋洋地将手臂撑在椅背上，对她露出一个开朗的笑脸："睡醒了？"

教室里只坐着她和眼前的臣航，其他同学仿佛消失了一般无声无息。

确实意识到哪里不对的罗卓薇轻轻地移开了和臣航对视的视线，有些紧张地盯着自己笔记本上面的字迹，放在大腿上的双手无意识地绞着臣航的外套。

余光注意到臣航坐到了她旁边的座位上，罗卓薇抿了抿嘴，随后又任由自己的所思所想膨胀发酵——她的脸，如她所料的那般被一双手捧起。

一个吻。

一个并非蜻蜓点水般一触即离的吻。

罗卓薇有些难耐地闭上眼，被迫张开嘴接受少年意外的热情得有些过头的吻。这样的架势简直和臣航平时给人的感觉差了十万八千里——他平时有多温柔和顾忌，这个吻就有多强硬和势在必得。但是偏偏他的小动作又很体贴，罗卓薇感觉到自己的脑后垫着的是臣航的右手，他以此托住她，不让她因为瑟缩硬生生地磕在墙上。他的左手则是改捧作抬，抵着她的下巴的手指力道很克制，又带着些不容拒绝的隐忍。

罗卓薇感觉有生理性的泪水渗出眼角。

果然，只是梦而已。

4. 喜 欢

深秋。

尽管天气转凉，然而白天日晒过后的气温仍然炎热。因此男生们都习惯了在有体育课的时候多带一套更换的运动服，或者在衬衫里面穿上运动 T 恤打底。

枯燥乏味的西方史总算到了尾声，我合上笔记本电脑，伸了个懒腰，活动了一下有点儿酸涩的胳膊，顺便抬眼看向窗外：乌云密布，天色阴沉，恐怕一会儿就会下雨。

下一节的室外体育大概会变成在馆内的理论课，本来以为能趁机去打球的我难免郁闷：可惜了我特意多穿上的打底 T 恤。

本来以为能去打球的我自然有点儿郁闷，抽开了领口因为晚起而打得有些匆忙的领带，心不在焉地重新系了一遍，心想：亏我还特意在衬衫里面穿上 T 恤了……

"卓薇，我现在抽不开身，上次辅导员要的课外拓展报告你能帮我送到教务处吗？"班长为难的声音从身后传来，回答她的是罗卓薇如平时一样温柔的答应声，随后我便看到罗卓薇有些吃力地抱着一大摞纸质报告从我身侧路过。

我们专业一共二个班，加起来快三百人，再轻的纸质报告摞起来也重量惊人，层层叠叠地堆成大型叠叠乐，已经快要挡住罗卓薇的视线了。

顺手就把笔记本电脑托付给朋友替我换教室时带着，我在起身的同时伸手把罗卓薇怀里的报告搬过来一大半，默默跟在她身后，走过连排座位之间狭小的过道，随口道："去教务处？还挺远的。"

"臣航？"罗卓薇似乎是有些惊讶，慢半拍地回过头看向我，那双漂亮的眼睛先是流露出一丝意外，随后便和她绽放的笑容一起变成了让人心痒的弯弯的形状。

"谢谢你。"

"没什么。"该说"高岭之花"不愧是"高岭之花"吗？罗卓薇笑起来的样子让我莫名其妙地有些不好意思。我空出手摸摸鼻子，然后先她一步推开教室的门，用手肘抵住门，示意她先出去："下次拿这么多记得让别人帮帮忙。"

罗卓薇这次没回话，只是微微地扬了扬嘴唇，稍稍侧身从我面前先出教室。

她高高扎起的马尾辫在她的脑后轻轻地甩着，侧身而过的那个瞬间，我感觉似乎又闻到了那天在球场上感受到的，罗卓薇身上的那种女生特有的、甜甜的味道。

同时我还看到教室内，男生看我的表情不外乎都写满了"区区狗臣航也胆敢偷跑"这几个大字。还有几个也跟着起了身的人由于座位稍远，错失了"英雄助美"的时机，他们开始起哄，顺带给我比了个鄙视的手势。

我毫不客气地回敬了一个无语的表情，有些尴尬地关上门，明明是帮助同学的举手之劳的小事，由于罗卓薇出色的容貌，我现在的行为站在男性的角度看，好像怎么解读都是心怀不轨地献殷勤。

几步追上站在远一些的地方等我的罗卓薇，我甩甩脑袋，丢掉多余的想法，随意地和她有一搭没一搭地聊天，听她被闲谈内容逗乐时轻盈而又矜持的笑声。

暴雨。

沿海靠南的城市总是会在秋季迎来连绵的雨，空气也因此变得格外湿润，流动起来变成的风也带着偏凉的水汽。

而伴随着淅淅沥沥的雨声的是感官的功能被雨水放大了几倍，空气之中除了潮湿的气味还有隐约的植物的味道，那是一种生长和腐朽皆具的味道。

以及——

我盯着遮雨棚外细密的雨帘，余光不自觉地往自己的身边瞟，落在罗卓薇白皙的侧脸上。

她也和我一样正盯着倾盆的雨幕，长而密的睫毛在眼睑下方打下小小的一片阴影，偶尔像是雨水掉落到地面上那般，随着她垂眼的动作微微地颤动。

我能够感觉到某种融入气氛之中的，不能够被言语形容的，在官能感觉上却非常明显的"味道"。

也正是因为敏感地察觉了这种微妙的氛围，我条件反射地抿紧了原本想要说些什么的嘴。不知为何，我就是觉得，如果我此时开口说点儿什么的话，会有某些东西松动失控。

但两人都无话的后果是，有一种无端的感觉在悄然滋生，如这场雨水一样微凉潮湿，光明正大地盘踞在神经末梢。

在这种饱含水汽的环境之下，我竟生出了几分难以言说的尴尬。

心头那种仿佛撞死了一头小鹿的慌乱让我卜意识地侧过脸。我决定和罗卓薇搭话，打破当下这种称得上是莫名其妙的气氛，却没想到和她四目相对。

罗卓薇大概是被夹带雨水的风吹湿了面庞，有几根黑发湿漉漉地贴在她的额上和脸侧，但这并不有损她的美貌，反而增添了几分说不清道不明的脆弱感。

尤其是她那和我对上的双眼——她清澈的目光在这样的环境之中看起来格外朦胧，而这种变了味的朦胧让她的目光生动得几乎像是有水在实质性地流动。

那被放纵滋生的感觉在这未到三秒的对视之中把我撼住，我后知后觉地反应过来它的本来面目是什么——

是暧昧，无端滋长的暧昧。

罗卓薇没有想过自己和臣航会在这种情况下单独相处。

在她和臣航把报告送到在另一栋楼的教务处后，原本还只是阴沉的天色转为乌黑，随着阵阵雷声，很快便下起了瓢泼大雨。

她和臣航都没有带伞，而学校很大，教务处和他们下节课要去的体育馆相隔得有些远。知晓她和臣航都暂时回不来的班长发来了替他们请过假的微信，于是二人都决定在这里等雨小一些再走。

提供避雨处的楼梯口说大不大，说小不小，两个人之间的距离也介于生疏和熟稔之间，多一分就是逾越，而少一分又显得疏远。一臂的空隙像是一道无形的界线，但在雨声和无言的寂静之中，这道界线显得分外脆弱。

昨天在教室课间小憩的梦则可恶地抓住了这份转瞬即逝的脆弱，张牙舞爪地在罗卓薇的脑海里发酵成灾。

梦中那个热切的吻的主人就在她的身旁。

灼热、沉湎、缺氧、迷蒙……

那虚幻却又真实的妄想是青春期的干柴，现实这簇火苗把一切点燃。

这太糟糕了。

罗卓薇努力压抑着自己想往臣航身上看去的视线，企图盲目地盯着面前的瓢泼大雨。

可是少女的心绪向来令人捉摸不透，对于背叛自己的想法得心应手，她越是克制则越是放纵，那种隐秘的渴望是让人心痒难耐的爪子，一下下地抓在她的心上。

心房涌起一阵细密的痒，就像这雨水，打在地上会泛起涟漪。

一眼，就一眼。

余光悄悄注意到臣航似乎也只是盯着雨水发呆，罗卓薇最终是败给了心底那阵奇怪的冲动。

她就看一眼，不会被发现的。罗卓薇这么小心翼翼地想着，自欺欺人地闭着眼，微微转过脸，再睁开眼的时候却对上了对方的视线。

暴雨带来的微凉感在这场双方都感到意外的对视之中瞬间蒸发，难以消散的燥意不可控制地涌上了罗卓薇的脸。

完了——

脑内早已拉响警报，她告诫自己赶紧错开目光，结束这种很有可能会暴露所有思绪的视线相接，偏偏身体的本能不听使唤，她矛盾地不愿逃避，直视着臣航的双眼。

罗卓薇面上还维持着冷静的神情，如平常一样。可是只有她自己感觉得到，她并不如表现出来的那般镇定，右手的手心已经被下意识攥紧的手指掐得微微发麻。

以前她从来都不知道：视线竟是如此有实质感的东西吗？

若不是如此，那为何她会这么清晰地意识到，臣航的目光有些无措地停在她的脸上，随后慢慢下滑，在她微颤的肩膀上戛然而止？

于是这种黏着而又僵持的怪圈被打破了。

他干净的声音在雨声中更显得清澈："是觉得冷吗？"

罗卓薇只穿着一件长袖的薄衬衫，雪白的袖口包裹着她在男生看来过分纤细的手腕，再加上她攥紧掌心的行为，臣航理所当然地把那种微颤理解成了感到寒冷。

其实不是的，她并不冷。

罗卓薇低下头："嗯，有点儿。"

得到这样的回答的臣航没怎么犹豫地把自己的外套脱了下来，罗卓薇这才发现，相较于自己怕冷而早早就换上的秋装，臣航外套下的衬衫居然是短袖的，透过薄薄的料子，能够隐约看到里面还穿着一件贴身的黑色 T 恤，袖子很短，接近无袖。

他都把外套递到了她的面前，才后知后觉地反应过来还没有询问她的意愿，慌忙补上："呃，抱歉……那你需不需要？"

"好。"罗卓薇轻轻点头，没想到臣航还会问自己，原本因雨水而酸涩悸动的心房不由得松动了。她看向他的眼睛，勾起唇，露出一个柔和的微笑："谢谢你，臣航。"

"小事。"见她难得的笑，臣航也跟着笑了一下，上挑的唇角遮不住他尖尖的小虎牙。

接过来的外套上还残留着来自它的主人的体温，其实罗卓薇一直不喜欢触摸带有他人的余温的东西，但是此时的情况不同，她想坦然地接受臣航的好意；同时，也因为他并不在所谓"他人"的行列中。

罗卓薇没有像一般女生受到男生的关怀那般只是客气地把外套披在肩膀上，而是道完谢以后直接穿了上去。

臣航在看到她的举动时有那么片刻的迷茫，但很快就因为打开的话匣子而忘至脑后。罗卓薇也配合地不去戳穿他，轻声细语地和臣航闲聊，等待雨势变小。

这样子的同学之间的闲谈是最好的保护色，罗卓薇下意识地借着偶尔才会目光相交的空隙打量着现在的臣航——

脱下了外套的他干脆连领带也松开，领带松松地挂在衣领之中。而短袖衬衫的纽扣也被他解开，在此时被当作外套一样随意地穿着，内里的黑色 T 恤有些贴身，勾勒出平时绝不轻易外露、纤瘦却又蕴含力量感的轮廓。

臣航他……也是男生。

性别意识这种理所当然的事在平时总被人忽略，却又会在不该被意识到的时候清晰明朗地出现，在举止、外貌和行为等方面流露，刻意刺激着正值青春期的高危神经。

这种无意识的荷尔蒙便是一切的罪魁祸首。

臣航的个子很高，他的外套穿在罗卓薇的身上便显得过长，罗卓薇稍稍把遮到手心的袖口挽起，任由外套的下摆盖到自己的大腿处。

其实这种穿着男性宽大外套的画面对于血气方刚的异性而言是一种不小的刺激，容易让人想入非非。罗卓薇也并非不明白这点，她的试探同时也是测试。

而耐心地找话题和她搭话、不让气氛变得尴尬的臣航看起来正直过头了，他坦诚地直视她的双眼，不暧昧地看别的地方，似乎完全没有把她的样子往旖旎的方向想。

"雨变得小一点儿了。"臣航伸手感受了一下雨水，随后看了看手表，确认了一下他俩在这里耽搁了多久，"我们趁现在回去吧？"

罗卓薇点点头："好。"

话音未落，她便感觉有什么东西轻轻地罩在她的头顶上，未待她反应过来那是什么，肩膀便被一道小心翼翼的力道轻推着，以至于双腿下意识地跟着这股外力小跑起来。

失去了遮蔽物，绵绵细雨吹落在她未被裙摆遮盖的小腿上，而罩在她头上的衬衫很好地为她遮去了本会淋湿她的头发和脸庞的雨，还有一只手牢牢地隔着衬衫按在她的脑后，不让这临时的保护伞被奔跑带起来的风吹走。

"怦——"她突然无比鲜明地听到自己乱了一拍的心跳声。

时间恐怕是被上天放慢了一百倍，不然她怎么能够如此缓慢却又清晰地记得此刻的每一秒？视网膜中的画面比那些蒙上粉红滤镜的恋爱电影还要美好，每一帧都是臣航——

他被雨打至微湿的前发、没入他领口的水珠、他因为奔跑而急促的呼吸、他耳骨上闪闪发亮的水钻，还有那比上述的所有都要熠熠生辉的黑色眼珠……

原来是这样……

注意到罗卓薇不知为何有些失神的目光，臣航立刻善解人意却又会错意地说道："啊，如果是我的衣服上有味道的话，就暂时忍耐一下吧！"

她喜欢臣航。

5. 他的妄想

门外急切的敲门声总算因为我开门的动作停歇，我盯着眼前嬉皮笑脸的林昊渊，在放他进家门的同时，没忍住抬腿对着他轻轻踹了一脚。

"滚，我家没有多余的地方容你。"

林昊渊这个混账不知道又招惹了哪里的女生，只可惜这次踢到了铁板，被他招惹的妹子毅力十足地缠着他，甚至追到了他家小区门口，眼看着就要堵他一晚。不胜其烦的林昊渊跑得飞快，极其没诚意地提着一袋一看就是在楼下便利店临时买的啤酒，敲开我公寓的门，毫不客气地要求我收留他避难。

我跟林昊渊实在太熟，如今兄弟自作自受，我毫不客气地对他冷嘲热讽、阴阳怪气："不说声谢谢我？"

林昊渊能屈能伸，没脸没皮："不客气臣小航，我来住一晚，让你家蓬荜生辉。"

"让你到处招惹人，碰到个比你还厉害的就翻车了吧。"我随便拿出一罐啤酒打开，正准备幸灾乐祸地再损他几句，却突然想到他半个月前还跟我说要追罗卓薇的事。

我皱眉看向他："喂，等一下，你不是要追罗卓薇吗？"

虽然林昊渊从以前开始女朋友就换得很快，但是至少每一任在谈的时候他都一心一意。那种左搂右抱、花心劈腿的事他不会干，也不屑于干。

想着发小儿可能有变身渣男的迹象，我也没有了开玩笑的心思，把易拉罐随手搁在茶几上，轻轻踢了一脚正坐在沙发上玩着我的游戏机、没空搭理我的林昊渊："林昊渊，你不是吧？别做那种事。"

"嗯？我做什么了？"听到我叫他的全名而不是"狗渊"，林昊渊意外地挑挑眉，回过头有些疑惑地看我，随后立马反应过来我说的话是什么意思，拖长了声音笑嘻嘻道，"哦，我知道你说的是什么了。"

"我没在追罗卓薇了。"见我没接他的话茬儿，林昊渊止住笑，耸耸肩把游戏机丢在一旁，伸开胳膊后仰，靠在沙发背上，"因为她完全油盐不进啊，我难道还要继续追着她舔不成？"

林昊渊一条条罗列出他的失败史，他是那种看得很快的性格，语气轻松得仿佛不是在说自己的事："微信不怎么回，约她也永远只会隔天回复'没空'，我在学校跟她打招呼，她也冷淡得要命。"

"所以我一开始就跟你说不可能了吧？你还不信。"我拾起随手丢在地板上的书包，翻出林昊渊的车钥匙丢给他，"这个还你。"

小小的车钥匙划着抛物线，被精准无比地投进林昊渊怀里。他也没说什么，只是把车钥匙收好以后，摸着下巴琢磨我的神情，随后露出了一个极其让人不爽的笑容："哎哟……好兄弟，你知道你刚才是什么表情吗？"

我绷紧了脸反问："我什么表情？"

"呵呵。"结果林昊渊反倒故弄玄虚起来，站起来钩着我的肩膀，强迫我也坐到沙发上，用一种很恶心的语气说道，"臣小航，你在跟我装傻还是真傻？"

他把方才被我放下的啤酒递给我，在我接过以后，自己也从塑料袋里拿出一罐打开，故意等我喝下一口后，才慢悠悠地说道："你知不知道罗卓薇好像对你有意思？"

我差点儿被那口带着气泡的啤酒呛住："林昊渊！你找死啊？！"

托林昊渊那个混账的福，昨晚我失眠了。

我的脑海里翻来覆去都是"罗卓薇对你有意思"几个大字在不停地排列组合，怎么也挥之不去。

而林昊渊那个垃圾在丢下这颗惊天炸弹后便不肯再透露太多，秒速入睡、打鼾，一气呵成，气得几乎是睁眼到天亮的我差点儿把他按在地铺上打爆他的狗头。我严重怀疑他完全就是追不到罗卓薇后自尊心受挫，开始无视事实、颠倒黑白，拖我这个军师下水陪他一起狼狈。

可是人类天生敏感的恋爱神经最经不起这种致命的撩拨，就算知道这种话是林昊渊说出来故意拿我寻开心的，我仍然克制不住自己心里那种不敢相信却又忍不住期待的愚蠢心态。

臣航，别犯傻了，罗卓薇连林昊渊都看不上，你何德何能让她来暗恋你？

对，对，是这样子，没错……但是林昊渊昨晚贱兮兮的声音简直是魔音绕耳，仿佛有十个大喇叭在我的脑海里循环播放："球赛的时候她可是连看都没看我这个大帅哥一眼啊，目光全程追着你跑，不是吗？"

罗卓薇那是在看着那颗篮球罢了！

"你说她在你放包的地方坐，那不就是故意的吗？"

罗卓薇只是没能在挤成那样的外围找到好位置罢了！

…………

但我越是这样在心里自我暗示，那些奇奇怪怪的、不该有的妄想便越多。

我会不可控制地想起罗卓薇的脸，想起上周的那场雨，想起她的几缕湿发贴在额前，看向我的眼神比屋檐外的朦胧雨雾还要迷离，这份清纯便被想象擅自加工为惊心动魄的美丽。

更可恶的是，我原本没有注意到的东西也在这种无端的臆想里变得清晰无比——她身上那件衬衫雪白而单薄，在迎雨奔跑的时候被稍稍打湿，变得贴身的布料透出些许……

打住！臣航，你是禽兽吗？你在想什么啊？

先不说罗卓薇根本不喜欢你，就算她喜欢你，你也不能就这么在心里臆想她性感的样子吧？

我不得不承认，即使在心底一遍遍否认，想方设法地挖掘出千万条理由劝说自己冷静地一笑而过，我仍然因为林昊渊那句半真半假的"罗卓薇对你有意思"感到动摇不已。

以至于在英语课上的六级模拟考时，我完全是放空的状态，枯燥无味的英式女声念出的短文像是白噪声一样被我的耳朵自动过滤，我稀里糊涂地把答题卡填上就干脆交了上去。

我真的是要被林昊渊这个狗东西害死了！

课间时，放在抽屉里的手机开始"嗡嗡"地振动，我烦躁地拨了拨后脑勺儿的头发，空着的另一只手把手机掏出来滑屏解锁。

微信提示悬浮在锁屏上，发消息的人正是害我至此的罪魁祸首。

林狗渊："放学后去不去打球？"

CHEN："滚远点儿，不去。"

我不动用脑子想都知道：要是我去了，林昊渊绝对能够没脸没皮地继续追问我夜谈时那个该死的恋爱话题。

回复林昊渊以后，我顺带把手机设置成静音模式，甚至开始思考要不要找个方法联系上那个连林昊渊都避之不及的那个妹子，告诉她在什么地方能堵着这个混蛋，然后今晚再把他狠狠丢出家门。

不过经过狗渊这下打岔，原本我脑海里的乱七八糟的想法倒是散去不少。

正当我如此松了口气的时候，现实偏要火上浇油，不愿放过我。

"臣航。"是罗卓薇的声音。

我愣愣地抬头，那个本不应该出现在我失控的绮念里的漂亮女生，现在就在我的面前。

"上周的模拟考已经出结果了，老师让我给你带句话。"她对我笑了笑，稍稍弯下腰与我说话，那双被无数男生私底下称赞漂亮得像琥珀石一样的眼睛一眨不眨地看着我，暖棕色的瞳仁更显得她的目光柔和。

"你的答案填错位了，不及格。幸好只是个模拟考，老师对你网开一面，就不挂你科了。"她说话的语气很轻，传入耳中有种柔软的酥麻感，"正好下午信院还有两节英语课，老师让你等会儿去跟信院的学生一起补考。"

我一瞬间感觉自己的神经都紧绷起来——倒不是因为这个无关紧要的不及格，而是因为她和我之间的距离。

她将双手微撑在我的桌缘上，因此稍微倾身和我说话时早就超过了安全的社交距离。她毫无自觉地靠近我，让我感觉到一种本能的危险，但这种危险不来源于她，而是来自我自身。

罗卓薇是那种把握不好距离感的人吗？我胡乱地想着，她不应该和男生靠这么近的。

"我知道了，谢谢你。"我艰难地、绞尽脑汁地回想着自己平时是怎么和罗卓薇相处的，努力地在她面前掩饰我的不自然。

"不客气。"她没有察觉到我的不对劲，只是尽职尽责地补充道，下午你有别的课吗？记得去。"

还好刚才我拒绝了林昊渊去打球的邀请。

我摇摇头："正好没课。"

6. 所谓可耻的意图

靠窗的座位的视野很好，且由于教室位于二楼，从罗卓薇的位子上往窗外望，能够很清楚地看到足球场，以及足球场旁的四个篮球场。

罗卓薇是典型的被所有老师信赖的好学生，一天的课程结束后她时常会被辅导员叫住，留下来处理一些事情。

学院里专门的影音大教室只有他们专业的人会用到，因此这个空教室时常被借来处理事务。有时候教室里留下的是她和班长，有时候只有她一个人。

一旦教室变得安静，窗下方篮球场上的那种嘈杂的声音就会变得清晰可闻：篮球重重地砸在塑胶地面上的击打声音，球鞋摩擦发出的短促的"吱啦"声，还有隐隐约约的男生们谈笑的声音。

青春期精力旺盛到无处发泄的男生对篮球的热爱简直到了一种匪夷所思的地步，那几个篮球场除去雨天和寒暑假，永远会被一群男生占据。

"男生们好吵。"

罗卓薇还记得同为女生的班长这么小声地抱怨过，手上拿着订书机订报告的动作倒是没有放缓。扎着马尾辫的班长向她寻求认同：

"你也这么觉得吧？"

罗卓薇低着头淡淡一笑。她能够理解班长说的话：和女生相比，这个年纪的男生简直就像是开足了马力的机器，或者是永远不知困倦的野生动物。

生长期抽条的身体和日益增长的力气怎么看都是粗暴和野性的象征，无论他们有没有这个想法，不可否认的是，正值蜕变期的男生就是危险的代名词。因为他们已经和小时候不一样了，男女之间的差异就在这个阶段画下鲜明的分隔符。

"嗯。"她给予了肯定的回答，但对这种吵闹的评价无关褒贬。对于当时的罗卓薇而言，窗外这些热闹的声音不过是一种可以被忽略的背景音。

是从什么时候开始，这些杂音对她而言不再是可有可无的噪声？

又是从什么时候开始，她变得开始在意今天留下来的人是只有她一人，还是有其他人在？

罗卓薇困扰地发觉自己心里隐秘的期待：她逐渐这段安静的时间是属于自己一个人的。

如果没有他人，她可以坐在自己的座位上，放慢速度把那些处理不完的课题报告分门别类地用订书机订在一起，偶尔抬起头可以透过窗看到篮球场。

臣航时不时地会和他的朋友在那里打球。

在那种纯男性的环境里，臣航的样子和平时在班级里还有她面前时略有不同。

如果说罗卓薇所熟知的臣航有着小心翼翼的温柔，那么她透过这扇窗所窥探到的臣航则撕裂了那层克制的表象，露出这个年纪的男生才会有的本性的一角。

她目睹过臣航的一记长传球。虽然她并不是很懂篮球，但是从那段距离和接到球的队友稍稍龇牙的表情上来看，臣航打球无疑是又好又准的……甚至力气有些大过头了。

她就这么日积月累地看着，觉得自己像是个沉默的观察者，通过这无意中发现的窗口，去拼凑出一个完整的臣航。

就像是简单的喝水这个动作——他仰起头喝得急时喉结上下滚动，由于瓶口过度倾斜而溢出的水顺着下巴，沿着脖颈，几乎是黏稠地爬进他的领口略低的 T 恤，和汗水一起晕开略深色的一小片。

侵略性，是侵略性。在脑海里蹦出这个词的瞬间，罗卓薇明白了，其实自己并不是什么观察者。

她只是，她只是……为窥见他的这一面而感到一阵几乎要麻痹全身的心潮澎湃。

青春期的思绪是如此地让人羞耻，她明明喜欢他的克制温柔，私底下却无法自控地在幻想他的另一面。

或许这就是过刚易折的道理，罗卓薇平时有多压抑不要去流露多余的感情，夜晚松懈时反扑而来的潮水就有多浓烈。

他要比之前梦到的所有都更加热切，最好是让她腿软，让她无法单凭自己的力气站稳，再用他那被她在脑海里幻想过数次的手扣住她的手腕，另一只手却又百倍温柔地揽住她，加深这个让人无法自拔、甘愿沦陷的深吻。

她可能会挣扎，也可能不会，但是她一定……不会拒绝。

想象着、思恋着这般事情的她，是多么、多么可耻啊！

把她从如海的思绪里扯出来的是臣航的声音。补考刚刚结束，被教授喊来送试卷的罗卓薇还要负责考卷的回收。他顺势在她旁边的椅子上坐下，手上拿着两盒纸盒装的柠檬茶，是时下正流行的牌子，班里不少女生上课时都爱捎带一盒。

这碰巧也是她偶尔会喝的饮料。罗卓薇大概猜到臣航是什么意思——他向来都是如此，哪怕其实这是她作为整个专业的英语课代表该做的事情，他仍然会为耽误她的时间而不好意思。

她不出声，静静地等他把其中一盒柠檬茶放在她的桌子上，才微笑着转过脸看向对方，开口问道："所以这是给我赔礼？"

"小小敬意。"听出了她口中玩笑的意思，臣航也笑眯眯地回复她，一边拿出活页纸一边故意哆哆地说出这几个字。

罗卓薇失笑，随后意识到自己太过失态，赶紧清点好卷子的数量，摞整齐以后抱着起身："那么，我就先把这些送去教务处了。"

罗卓薇不敢再让这样的对话继续下去，和臣航说话时她总会轻而易举地微笑起来，这对她而言实在不是什么好事情。

但同时她也清楚，臣航不是那种能眼睁睁看着她抱着试卷离开的人。

"不介意的话，让我跟你一起去吧。"果然，早就收拾好东西的臣航单肩挎着书包，跟在她的身后，神情诚恳得让她根本萌生不出任何拒绝的念头。

她心底里有个客气的声音在说"不用"，懂得人情世故的理智在劝她拒绝，不听话的感性却先一步雀跃。

身体率先一步点头，罗卓薇没注意到自己已经下意识地露出一个笑来："好。"

等两个人从教务处离开时，天色已经暗了，路灯一盏盏地亮起。

罗卓薇在本地念大学，离家不远，正巧母亲传来了让她回一趟花店帮忙的消息，因此她今晚不打算回宿舍休息。

得知她要回家一趟的臣航只是笑笑："正好我也有事，能顺路就一起走吧。"

出校的路上，两人不紧不慢地聊着，罗卓薇注意到原本和她并行的臣航稍慢她一步，刚想询问发生了什么事时，她便看到臣航一边低声回她的话，一边无比自然地走到她另一侧，把人行道内侧的位置让给她。

"怎么了？"

察觉到罗卓薇短暂地一怔，没有意识到自己的行为是对方停住话头的根源的臣航也愣了愣，有点儿不确定地问道："不舒服？累了？"

"不是的。"回过神来的罗卓薇摇摇头，把落到腮边的头发撩至耳后，"是刚才突然发呆了。"

"哈哈哈，罗卓薇也有这种时候吗？"

臣航没有察觉她的谎言，反而是被这种意外的回答逗笑，眼尾微微下垂的眼睛和虎牙让他这样笑的时候就像一只没有攻击性的狗狗，还是毛茸茸的那种。

罗卓薇也笑起来。

说起来……她以前有这么经常地笑起来过吗？她这么想着，却发现已经走到了岔路口。路口左边就是公交站，这个站有公交车直达她家附近，线路也不长，她只需要搭乘五站就可以到家了。

罗卓薇第一次觉得这一段路原来如此之短。

她的心里已经微微泛起一阵小小的失落，微不可察，但确实存在，不过面上还是一贯温柔的、看不出太多情绪的表情。她缓下脚步，仰起脸看向臣航，想要问他接下来是不是分开走。

结果他指了指公交站："你坐公交车吗？"

罗卓薇迟疑地点头："对。"

他难道也要坐公交车的吗？说起来……他刚才也没说他出校到底要办什么事。

就在思考着这两个问题的时候，她已经跟着臣航走到了公交站。

臣航站在公交告示牌前面，认真地从头扫到尾后，先是看了一眼车来的方向，随后再看向她："罗卓薇，你坐哪一路？"

"A79。"她条件反射地回复，脑海里想了半天的句子紧随其后，"那……"你一会儿要搭乘哪一路呢？

"那你的公交车已经来了。"由于她说得太过小声没有听到的臣航打断了她。

公交车已经停到了他们面前，罗卓薇微微低下头拢了拢头发："好……"

车门打开，她的左腿已经迈上了车，心里的不甘和失落突然膨胀起来。

不知道哪儿来的勇气让她回过头看向臣航。

臣航有些意外于她的回眸，但没有往别的方向想，以为罗卓薇只是想礼貌地道个别，所以笑着对她挥了挥手，开朗的模样就像是一条快乐的小狗："拜拜，罗卓薇。"

"臣航。"罗卓薇突然开口。

她望向对方的眼睛，抓着书包带的手指不由得紧了紧。她浅淡的笑容如花苞绽放，凛然不容侵犯的"高岭之花"难得流露出一丝亲近人的温柔来："明天见。"

"嘎吱"一声，车门在她的眼前合上了，隔断了彼此之间的视线交流。

她方才的勇气也随着车门的闭合瞬间卸掉，不听话的心脏还在"怦怦"直跳，后知后觉地乱了拍。罗卓薇下意识地抓紧了扶手，望向车窗外，看到臣航在确认她上车以后便转身离开了——沿着他们刚才来的路。

她闭了闭眼。原来刚才他是在送她，而且是一种很巧妙的、点到为止的送法。他既没有说"我送你回家"，也没有唐突地问"你家在哪里"，只是仿佛顺路一样，默不作声地把她送到公交站。

开 A79 路公交车的司机是个快退休的大叔，他认得一年多来几乎是雷打不动地搭他的车回家的罗卓薇，看到她默默看着窗外的样子，笑呵呵地问："这么依依不舍，男朋友送你来车站？"

罗卓薇没什么情绪地弯了弯嘴角："您误会了。"

她依依不舍，但那个不是男朋友。

7.　不应该

"臣航，明天见。"罗卓薇这么说道，回过头静静地看了我一眼。

车水马龙的路上，光线不够明亮，影影绰绰地照在她的脸上，她的容貌在昏暗中显得格外青涩，轻易地诱发出一种奇妙的、让人心跳加速的感觉。

她的眼睛里有种我未曾见过的情绪在挣扎，她犹豫着要不要流露出来。

我一怔，随即认出了这情绪所代表的是什么——

不舍，是不舍。

紧接着涌现在我脑海里的想法是巨大的茫然和无措。女孩子对于现在的我来说是难以捉摸的生物，她们给予的话语和眼神或含蓄或坦率，拥有千万种不同的解释。

她在不舍什么？

我试图用同学情谊来解释她的行为，但是有一个在脑海更深处的声音出现了，它劝诱着我往另一种暧昧的方向思考：你明白的。

毫无疑问，她在不舍什么，你一定明白。

这种自满的，甚至是邪恶的意识轻易地支配了我，身体的行动比那刚刚形成的想法要快太多。

等反应过来的时候，我已经拉住了她，紧紧地扣住她那在我看来过分纤细，甚至显得脆弱易折的手腕："你现在就要走吗？"

罗卓薇幅度很小地摇了摇头，声音几乎微不可闻："不走了……"

她不应给予我的答案，让一些东西在那个瞬间毫不犹豫地泛滥成灾。

恼人的街道、马路上熙熙攘攘的吵闹声、不停变换颜色的信号灯、公交站牌，连同那辆她本该搭乘的公交车都不应该存在于这个片刻。

于是它们都匪夷所思又理所当然地消失了。

取而代之的是熟悉的玄关、被粗暴关上的门，以及被我抵在我与门之间的罗卓薇。

她的体温从身体的贴合处传来，情不自禁的微弱挣扎让躁动的血液沸腾，把岌岌可危的理智点燃。

光是亲吻怎么可能足够?

她在车站前不舍的眼神是应该被谴责的导线，通过视线相接让甜蜜的电流在体内乱窜，把原本埋藏在克制和矜持外表下的，属于年轻男生的不堪妄想统统挖掘。

初吻本应该是笨拙的、试探的，却又温柔的。但此时此刻正在进行的无疑是超过以上阈值的吻，它投入、热情、放肆，甚至是有些失控和粗暴，让舌尖都变得微微发麻。

原本只是握住她的肩膀，不让她挣扎过头的手也迷失在这种堪称迷离的热度之中，手指顺着她无法自控地颤抖的背下滑，滑过她微陷的脊椎，最后停在被衬衫和裙子束缚的腰间。

我的另一只手则趁着放她呼吸的空隙，抬手帮她拭去唇角那湿润的，不知道是谁的唾液。

已经上吊自杀的理智所剩无几。

"臣……臣航……"

罗卓薇的手没什么力气地抓着我的手臂，手指弯起，她的指甲稍陷进皮肤的刺痛让我心里的某种想法可耻地……更加沸腾。

这种气氛中，连询问都要以额相抵，我甚至能够听出来我的嗓音已经不复原本的清澈："你还好吗?"

"没关系……"我听到她颤抖的嗓音微弱地响起。

"请你继续……"

令人难以置信的话语从她口中说出，像是倾盆而下的雨，一下将我浇醒。

"臣航，臣航?"

我有些茫然地从交叠的胳膊里抬起脸来，伴随而来的是背部酸涩的胀痛感。趴在大教室的连排课桌上睡着，后果必然是腰酸背痛，我皱起眉，伸了个懒腰后，用力地活动了一下两侧的胳膊。

刚才的果然只是一场梦罢了。

耳边同学课间的谈笑声逐渐变得清晰可闻，我活动肩膀的动作突然僵住，我抬起眼，尴尬地看着眼前抱着作业本的罗卓薇，张开嘴，最后放下手，不好意思地挠了挠头发："哈哈……刚才睡着了。你叫我吗？"

"早上好啊！"她像是忍俊不禁一般，跟我开了个玩笑，与我相接的目光里荡出令人目不转睛的笑意，"醒了的话，该把你的结课报告交给我了。"

她的面庞清纯端正，整个人和梦中那个脸上布满红晕，蹙着眉小幅度地呼吸，连嘴角都在泛红的她完全不同。

"不……不好意思。"脑内鬼使神差地进行着这种邪恶的对比，我差点儿分不清这是梦境还是现实，所幸常年养成的条件反射让我的行为看起来一切正常。

我打着哈哈，从包里翻出报告递给她："给。"

然后我从座位上起身，步伐飞快，几乎是逃一般冲进了厕所。

真的是太丢人了……

我将双手撑在洗手台上，看向镜子，简直要被镜中自己泛红的眼角还有被廉耻心烧得发亮的眼神吓了一跳。

我叹了一口气，拧开水龙头，接了一捧冷水猛地泼到自己的脸上，就这么重复地把自己的脸刷锅似的洗了两三遍。

臣航啊臣航，你最近真的越来越不对劲了，做梦梦到同班同学，还对她做了很多难以启齿的、过分到极致的事。

最过分的莫过于生理反应，从那个欲色过浓的梦中清醒过来的理智还在进行深刻检讨，身体却可恶地把大脑背叛得彻底，精神得完全难以忽视，甚至到了让人感到火大的地步。

我真想一头撞死算了。

我无比自责地又用冷水反复洗了三把脸，然后把自己锁进单间里，靠着门愧疚无比地等着这阵冲动过去。

最要命的是，我感觉神经一直在被一种源源不断的热度煮着，像是被放进温水的青蛙那般焦躁而无可奈何。

它怎么这么不争气啊？我就不能冷静一点儿吗？

我恨恨地磨了一下牙，将手搭在后颈上，想要活动一下酸痛的脖子，却被手心感受到的温度烫到。

不是……正常来说人好像也不至于兴奋到浑身热成这样吧？

这么一想，我好像有点儿头晕的感觉，呼吸也是滚烫的……

我深吸了一口气，郁闷地思考着自己要在这该死的单间里等多久，然后等到情绪平复下来，直接翘课去了校医室。

测温计毫无感情地显示：37.8℃。

"得流感了吧。最近降温，但很多男生为了体育课也不喜欢加衣服，你不是第一个。"校医看了看测温计上的数字，坐回桌前取出抽屉里的请假条，往请假理由上填写病历，"最近秋季很多人感冒，为了防止学生之间相互传染，就不能留你在医务室打点滴了。"

我接过假条放进外套的口袋里："没关系。"

我看着假条上的病历，"症状诊断"的字样倒是让我越来越真切地感受到了这种因病而起的热度，再加上心底总有一股莫名其妙的尴尬，我实在是不愿意再返回教室一趟。

从医务室出来后，我把请假条拿给辅导员，随即便出了校门，直接打车去了医院。

车窗映出快速掠过的街景，顺带映出我撑在窗侧的半张脸，我有些头疼地闭了闭眼，为这场突如其来的发烧感到无比内疚和羞耻。

这接在梦境之后的流感被赋予了不普通的色彩，比起说这是免疫细胞对于我不照顾自己身体的小小责罚，这倒更像是生理方面不愿承认我对同学抱有非分之想的高热。

自臣航从教室出去以后，直到今天的专业课全部结束，罗卓薇也没有见到他回来。

实际上，时间也就不过半天。但是一旦意识到教室中少了她总是忍不住在意的那个人，罗卓薇就感到一阵无可避免的不习惯，以及小小的失落。

她面上看不出太多的情绪，心思却已经微妙地离家出走：臣航不是那种会翘专业课的人，他无故缺席，莫非是生病了吗？

罗卓薇想起他被自己叫醒以后，那个湿漉漉的又有点儿茫然的眼神，不由得垂下眼。

原来他泛红的眼角和像是被水泡过的目光都是生病的预兆，可她当时正满心沉浸在那种仿佛亲密无间的距离和氛围之中，甚至为观察到他的左眼下方有一颗小小的泪痣而感到一阵悸动。

为什么她没能第一时间就看出来呢？

罗卓薇有些后悔地想着：如果当时多问一句就好了。

这种懊悔持续到了四节连堂的专业课结束。

"麻烦了，臣航的包还在这儿。"最后负责断电的班长叹了口气从椅子上提起臣航的包，她和罗卓薇的关系还算不错，难免顺嘴罗卓薇她抱怨几句，"他没住校，我们班的男生现在又都走光了，我估计我得帮他保管到明天上课了。"

罗卓薇的目光下意识地落在这个被班长拎在手里的包上。

班长也不在意罗卓薇有没有回应自己，而是继续自言自语似的说道："应该让他的朋友帮他带一下的。"

"我记得隔壁数院的林昊渊和臣航关系很好？他好像是是臣航的发小儿吧，正好晚上的高数课我们和数院一起上。"大概是顺带联想到了那位知名大帅哥招蜂引蝶的脸，班长目光闪烁，有些局促地笑了笑，赶紧岔开话题，"不过听说他经常翘课，想拜托他也不一定找得到人。"

罗卓薇像是想到什么一般，神情微微一凝。

"班长，这个交给我吧。"

她拿过班长手里臣航的包，掏出手机快速地滑动屏幕，抿着唇单手点开微信的对话框输入了什么，随后对班长点点头，不顾班长在身后有点儿错愕的呼唤声，快步离开了教室。

她突然想要去参加一场关乎自尊心的豪赌，如同坐在跷跷板上，忽上忽下实在磨人，她需要一个打破目前的平衡的契机。

设置了静音的手机振动着提示有新消息，对话框在亮起的屏幕上滚动内容的预览。

数院林昊渊："我在多媒体教室。"

数院林昊渊："就等我们的女神大人来咯。"

同样的，少女的矜持和勇气稀有无比，她把所有的砝码都放在了这一次的天平之上，然后狡黠地把衡量的权利交给之前暧昧地戏弄过她的林昊渊。这也算对于他之前老是给自己发无聊微信的小小反击，罗卓薇想。

她如约来到多媒体教室的门前时，向来在下课后都会不见人影的林昊渊姑且还算信守承诺。他此时和一个女生在教室门口的走廊上聊天儿，他上佳的皮相和亲切的态度轻而易举地把对方逗得脸红发笑。

罗卓薇站定，隔了一段礼貌的距离，看了一眼几乎快要靠在林昊渊怀里的那个女生，随即移开目光，镇静地叫了一声他的名字："林昊渊。"

"你好啊，卓薇。"林昊渊轻松地笑起来，跟她自然地打了个招呼。

他对于罗卓薇的态度没有任何变化，仍然是之前热烈追求她时那般亲切，仿佛她还不曾是那个在微信上对他不假辞色，甚至连回应他的招呼也只有冷淡点头的"高岭之花"。

他露出虎牙的笑容英俊到炫目，但因为他生了一双桃花眼，看起来总有几分玩世不恭："真是不容易，我终于入我们'高岭之花'的法眼了？"

这话对于林昊渊而言算是刻薄，他几乎不会对女生说这样的话，更何况对象是容貌和他同样上等的罗卓薇。

他身边的那个同班女生满脸通红地退后了一步，眨着眼紧张又兴奋地看着公认的"校花校草"站在一起的养眼画面。随即林昊渊这句有点儿挑衅意味的玩笑话又让她飞快地捂住嘴，把低声的惊呼吞回喉咙里，八卦之心渐起，小心翼翼地观察着莫名其妙地有些剑拔弩张的两个人。

他是故意的。罗卓薇几乎在看到林昊渊笑起来的瞬间，就意识到了他的调侃估计就是对前几周在自己这里吃了闭门羹的小报复。

"对，我来找你。"于是她也笑了一下，是完全只剩下社交性质的礼貌笑容，甚至那双漂亮的眼睛都没有怎么弯起，"我来是要把这个给你。"

罗卓薇把臣航的书包递到林昊渊面前，直视对方的眼睛："臣航的包落在教室了，我们也不好替他保存，只能劳烦你带给他。"

她说话时，面上仍然是那副"高岭之花"特有的冷淡，漂亮过头的容貌让她严肃的时候看起来十分凛然，有不可侵犯的美感。

"你就拿着呗，里面的东西弄丢了就弄丢了，他肯定也不会怪你，我敢保证。"林昊渊盯着她的脸，稍稍眯起了眼睛，看了片刻，随即勾唇一笑，故意无赖地耸肩，用无所谓的口吻把她的话挡了回去，"那小子住得离学校不近，我跑一趟费时费力，好麻烦。"

"这样的话就不麻烦林同学了。"罗卓薇脸上的表情不变，她轻轻呼出一口气，颦眉装作思考了一会儿，随后缓缓地道，"那么我……"

林昊渊笑眯眯地打断她："不过，哪怕再苦再累，我还是很乐意为我们罗女神效劳的。"

罗卓薇一怔，而林昊渊已经朝她摊开了掌心，做出要接过东西的姿势。他脸上仍然维持着刚才的笑容，只不过在罗卓薇看来怎么看都是不怀好意，存心找碴儿。

"那就麻烦你了。"她抿了抿唇，不愿再与林昊渊进行这样幼稚的拉锯战，妥协地伸出手，想把手上的包递给林昊渊。

其实无论林昊渊答应与否，她都不会难过。只是……心底终究还是有些许不是滋味，她在松了一口气的同时，感到一丝难以言喻的遗憾——她刚才其实是想对林昊渊说，她可以代劳的。

然后，她眼睁睁地看着林昊渊伸出手只是为了钩住那个差点儿被他俩忽视的女生的肩膀，把那个一瞬间脸红得不知所措的女生牢牢地拉到自己的怀里："但是——"

"如你所见，我现在脱不开身。"林昊渊这回才是真正地笑了出声，狡黠而可恶。

他满意地看着罗卓薇愣住的神情，脸不红心不跳，睁眼说瞎话的本事一流："这个女生完全抓着我不放，我可没办法替你跑一趟了。"

这个家伙！

饶是面对无理的男生早就能做到心如止水的罗卓薇，看到林昊渊这副耍无赖的样子也差点儿没控制住胸口涌上来的火。她皱了皱眉，欲转身离开，不打算再和林昊渊纠缠。

"罗卓薇，你这就要走了吗?

"稍等，稍等，别生气嘛！再听我说一句话吧? "料到她会有如此反应的林昊渊笑起来像一只偷到了腥的猫，对着她的背影故意扬起声音，"我原本还想欠我们的'高岭之花'一个人情，劳烦她帮懒惰的我送一个东西——"

见罗卓薇离开的脚步一顿，他挑了挑眉，愉快地将剩下的话补完："这个主意怎么样呢? "

罗卓薇不甘心地转过身，对上林昊渊的笑脸。

他或许一开始就看出来我的意图了，她想。

短暂的回想结束，罗卓薇静静地站在漆黑的门前，稍退一步看了看门上的号码：513。

她小小地深呼吸一下后，抬起手按下了门铃，另一只手握着的手机还亮着屏幕。

数院林昊渊："南约二路四十八号公寓群 E 栋 513，臣航的地址。"

数院林昊渊："祝你好运咯，女神大人。"

8. 探 访

这是梦境，还是现实？

我愣愣地维持着开门的姿势，额头上是那张还没贴好的退烧贴，声带仿佛是被这本该不可能发生的景象震撼住，发不出一点儿声音——门外的是……罗卓薇。

她就那么静静地站在我的眼前，平时总是会扎起的头发此时柔软地披着。她稍稍仰起脸看我，晚霞透过半开放式的走廊落在她的身上，形成一圈橙红色的柔软光晕。

眼前的这个画面和课间那个荒诞梦境的开始分毫不差。

尤其是在低烧的作用下，这种混浊的既视感加剧成想象，演变成那个梦的后续：接下来，她该被我踉跄地拉进门，挡在玄关，然后嘴里彻底发不出呜咽以外的声音。

我头疼地皱了皱眉，差点儿要陷入这种荒谬的幻想之中。

与我对上眼神的罗卓薇轻轻扬起一个抱歉的笑："打扰了，贸然来到你家。"

因她的微笑，现实和梦境差点儿搅在一起的眩晕感被打碎了。

"没关系，找我什么事？"

所幸理智还没有被发烧带跑，我也礼貌地回了个笑，抬起空着的左手撕下额头上那个快要掉下来的退烧贴，把它捏在手心里，右手握住门把的手指有些勉强地收紧。

其实把女生挡在门外和她谈话是很失礼的事情，但是出于各种原因，我并不愿意让罗卓薇进屋，坐着和我慢慢讨论某件需要她特意找上门来说的事情。

如果让她进到公寓里面，我不能够保证在那种刺激下自己能做到多冷静：和这样一个漂亮女生单独相处，哪怕一丝心猿意马都不会有的男生根本不存在于世界上吧！

再加上，就算此时我的脑海里正在进行上述的理性分析，可属于青春期的躁动情绪并没有消失，倒不如说它借着低烧这个糊涂的劲头，正在蠢蠢欲动。

…………

虽然列举了如此多的理由，而我的本心只有一个：我并不想被罗卓薇看到我狼狈的一面。

"你的包落在教室里忘拿了，班长看里面有电脑，觉得还是拿给你比较好。"罗卓薇没有计较我方才失礼地看着她走神儿的窘态，神态如常，不见一丝单独来到同班男生家里的尴尬，姿态是我熟悉的"高岭之花"特有的大方端正，"本来是想交给你的朋友让他带给你的，但是他说有事脱不开身。"

林狗渊："给你拿东西来了，一会儿门铃响了记得开门。"

罗卓薇的说辞和林昊渊半小时前发给我的这条莫名其妙客气的微信对上了号，我面上还维持着笑容，心里已经咬牙切齿地想将林昊渊这个狗东西千刀万剐。

我就说这个向来随心所欲，想来就来，从来不打招呼的畜生怎么会突然这么客气!

"所以我就冒昧过来了。"说到此处,罗卓薇稍稍抿了抿唇,像是在观察我的神色,随后语气带着温柔的歉意,"没有给你添麻烦吧?"

"怎么会?反倒是麻烦你了,从学校特意过来。"从罗卓薇的言语中将清了事情起始的我摇摇头,主动朝她先伸出手,"现在也快天黑了,我帮你叫个车,送你回去。"

听完我的话,罗卓薇的神情却不知为何变得有点儿犹豫,她仿佛还想和我说些什么,最后又咽了回去,变成了一句"没关系"。

她把书包递到我的手上:"给你。"

那个瞬间,昏黑的天猛然亮了亮,紧接而来的是一声惊雷。

"啊——"随着罗卓薇的一声低呼,尚未彻底交予我掌中的书包掉到了地上。

暴雨倾盆。

在雷声炸开的那个瞬间,我看到罗卓薇很明显地瑟缩了一下肩膀。

"你没事吧?"我没有管那个对于当下来说无关紧要的书包,下意识地伸出手想要去扶住罗卓薇的肩膀,却又因为猛然意识到太亲近而硬生生地停在半空中,"被吓到了吗?"

"没事的……"

罗卓薇慢了半拍,小声道。要不是我与她的距离还算近,她的声音简直要消失在大得不可思议的雨声里。

"对不起,你的包我没拿稳……我先回去了。"她有些慌乱地拾起书包塞到我怀里，对我点了点头。

她的眼里还残留着一层浅浅的水光，很显然是方才被吓到的后怕还没有退去。

我不由得开口："雨有些大，你……"

我不该这样的。脱口的瞬间，理智在警告我。

只可惜这根不断被拧紧的、名为"理智"的弦已经开始悄悄抽丝。

"等一下，罗卓薇。"在罗卓薇就要转身而去的时候，我叫住了她，稍稍侧过身，把原本被我不偏不倚挡住的玄关露出来。

我其实明白不该这样的，但是给自己定下的底线莫名其妙地就在和她的相处之中节节败退，步步屈服。

"不介意的话先进来坐一会儿吧，等雨小一点儿了我送你回去。"

罗卓薇安静地坐在沙发上，目光礼貌地缓缓打量着臣航住的地方。

这里和她想象中的男生一个人住的地方有点儿不同，但也有相同之处。

不同的是臣航的家非常干净，她仔细闻的话，还能闻到方才臣航紧急从房间里翻出来的、临时充当空气清新剂的香水的味道。客厅里没有什么花里胡哨的装饰品，四处透露出充满了实用主义的"够用就行"感。

相同的则是，这个家整齐之中又带了点儿有生活气息的凌乱。比如她在刚坐下的时候，看到了随意搭在沙发背上的外套，然后臣航连声道歉，手忙脚乱地把那件外套塞回了房间里。

"冰箱里的饮料已经被喝完了。"让她回过神来的是臣航的声音。

她循着声音传来的方向看去，臣航正弯着腰把一个冒着热气的马克杯放在她面前的茶几上。

他的卫衣领口有些宽松，他弯下腰的时候，过大的领口也随之柔软地垂坠，露出半道线条明显的锁骨，随之坠下的是他的脖子上戴着的一根细细的，像是狗牌一样的工装项链。

臣航看向她，为减少嗓子耗损而放低的声音听起来有一点点沙哑："就只有白开水，可以吗？"

罗卓薇小幅度地笑了一下："谢谢，这就够了。"

她看着臣航坐到了左边的沙发上，而不是和她一起坐在这张长沙发上，感觉胸口被一种松了一口气又觉得失落的情感揪紧。

她很紧张。

倒不如说，她现在头一次在男生面前感到紧张。

如果不是这场雨，她肯定就会在雷响之前就选择放弃：本来她想要前来探望臣航的打算就耗光了她全部的矜持，要不是被林昊渊顺水推舟地挑衅，她甚至在离开学校之前就会勇气尽失。

她何曾这样不知所措过？

两个人的关系恐怕在他看来只是"关系比较好的同班同学"的范畴，她的试探的心思也因为内心的羞耻而仅仅浅尝辄止：她既想被他发现这份心意，又不想被他看穿这种称得上是丢脸的感情。

偏偏在这种时候她说不出一句话，只能端起水杯小心翼翼地喝水，来掩饰自己的尴尬。

沉默真的是暧昧的滋生地，就差明目张胆地在空气中传达"两人单独相处"的信号，配合窗外的雨声，连感官感受到的空气的流动都变得黏稠迟缓。

臣航大概也是察觉到了这种气氛实在有点儿不对劲，看了一眼墙上挂着的钟，试探性地抛出话题："你一下课就过来，应该没有吃东西吧？"

他看着她："会不会觉得有点儿饿？"

可能是紧张感所致，其实罗卓薇并没有什么空腹感。

"没有关系……也不是特别饿。"她还是顺着这个话题给了个模棱两可的回答。

对话的正常开始似乎让臣航松了一口气，他的表情看起来也放松了一点儿。他朝她笑笑，起身走向开放式的厨房："这雨也不知道什么时候能变小。

"不介意的话，我就随便煮些面一起吃吧。"他打开了冰箱，一只手撑在膝盖上，另一只手扶着冰箱门，正认真地看着能从里面找出什么食材凑合一顿，"平时是家政阿姨过来做饭的……冰箱里也没有什么东西。"

罗卓薇也跟着起身，走到臣航身后，有些好奇地探头看向他手里的食材："番茄、鸡蛋……"

她回味了一番刚才臣航的话，忍俊不禁，目光带上了点儿揶揄的意思，盯着他从一个柜子里翻出一包挂面："臣航，你会做饭吗？"

"我一个人住，当然得会做才行。"被怀疑厨艺水平的富家少爷有点儿不好意思地挠了挠头发，看了罗卓薇一眼后去忙活着烧水，带着些郁闷和委屈的眼神配合他下垂的眼角和泪痣，显得有点儿无辜，"虽然确实也不算好吃……"

最后这句话闷闷的。

"那还是我来吧。"罗卓薇不由得失笑，伸出手轻轻地扯了一下臣航的袖子，一触即松，"在做饭这方面，我还算挺有自信的。"

她这么发话，他当然只能让步："那就交给你了。"

一居的单身公寓里，开放厨房不可能很大，也就能够容纳两个人活动，罗卓薇的动作让臣航意识到他们现在早已超越安全距离。

这样子没关系吗？纵使是臣航也后知后觉地察觉到这样似乎过于亲昵了。但是对方的神色看不出异样，他贸然回避的话，不就跟那种自作多情的蠢男生一样了吗？

而已经开始动手煮面的罗卓薇一看就是那种非常能干的女生，她利落地把头发扎起，露出白皙的脖颈，袖子也被挽起，洗菜、切菜的姿势又熟练又漂亮，再加上她那张赏心悦目的脸，臣航差点儿以为自己在看什么烹调美食节目。

但是现在的情况怎么看都是客人在下厨，因此心里过意不去又苦于确实不怎么会做饭的臣航只能像围着主人转的没用狗狗一样，巴巴地守在罗卓薇旁边试图帮忙。

"帮我拿一下番茄。"正认真地盯着锅里的面的罗卓薇随口道。

她太过专心于手中正在搅拌的鸡蛋，短暂地忘记现在并不是在自己家中做饭这个事实，旁边乖乖任由她差遣的人也不是平时乐呵呵地帮她打下手的爸爸或者妈妈。

臣航困惑的声音传来："知道了，要几个？"

"两……抱歉！"罗卓薇急急止住话头，猛然反应过来方才自己和臣航的对话听起来过分亲昵，她的口吻就跟电视剧里使唤恋人的小女生无异。

罗卓薇白皙的脸上因为羞赧而染上薄红。

她试图补救："等一下，臣航，我……我自己来。"

"没事，我已经拿过来了……小心！"

她急于阻止对方，却和刚好拿着番茄转过身的臣航撞了个满怀。罗卓薇背对的可是正沸腾着的锅，情急之下，臣航理所当然地只能用力把她往自己的方向带，防止她往后撞在温度那么高的料理台上。

但这样的结果就是，在惯性的作用下，两个人倒在了一起，女上男下，四目相对。

罪魁祸首——那个番茄已经不知道滚到了哪里，锅内沸腾的水正翻滚着泡泡，"咕嘟咕嘟"，一切听起来都无比正常。

除了那过大的、已经分不清是谁的心跳声。

9. 意 外

这是什么打擦边球的漫画里才会有的场景啊？！

我愣愣地看着上方的罗卓薇，难得地从她那张没什么情绪的脸上看到手足无措的茫然。她长长的头发因为重力落在她的脸侧，发梢轻轻地在我的眼前摇晃。

她的香气、呼吸、温热的体温和……比想象中柔软万倍的身体。

从方才的冲击中最先回过神的不是理智，而是感官。我下意识地想反手撑地支起身子，却发现自己方才为了护住她而伸出的右手此时正揽在她的腰间，那盈盈一握的触感太过柔软和罪恶，以至于脑海里最先浮现的不是羞赧，而是"女生的腰原来这么细"的混乱想法。

我慌忙松开，反手半撑起上身。而怀里传来的热度告诉我——

真正要命的不是我刚才环住她腰部的手，是几乎坐在我身上的罗卓薇。

她似乎还没有意识到她为了直起身子找的支撑点是我的肩膀，她的双手搭在我的肩上，随着她慌张又异常温暾地起身，每一个动作对我来说都是折磨。

这的确称得上是甜蜜的折磨：她的指尖不知不觉地随着她的动作一路从我的锁骨滑到小腹上，那若有似无的触感是电流，它们快速流窜，顺着全身的脉络炸开。

而她原本规规矩矩地盖到膝盖的裙摆也因为这场意外微微掀起，皱巴巴地半堆在她的大腿上，像是一朵被揉烂的花，绀青色的裙摆衬得她的皮肤白得不像话。她明明什么也没有露出来，却又莫名其妙地比展露所有还要糟糕百倍。

"……"

低烧的温度也不管不顾地在火上浇油，我感觉我快要和那锅已经烱了的面一样被煮开了。

我不敢贸然起身把罗卓薇从身上掀下去，只能自欺欺人地别开脸，不去看上方这个太过刺激男性本能的画面。

我的反应堪称死寂，我就像是宕机的电脑，僵硬得不知道怎么办才好。罗卓薇在短暂的仓皇过后，似乎也意识到了我和她此时的姿势到底有多难以启齿，白皙的脸也以肉眼可见的速度红了起来。

她连忙道歉："对不起！"

嘴里那句亡羊补牢一样的"没关系"还没有说出口，我突然一僵——

她起身时压到了我的小腹。

在那股热度还没有彻底蹿到那个不该去的地方之前，我推开了罗卓薇。

她并不是没有知觉。

感觉到臣航揽住自己的腰的那个瞬间，罗卓薇就预感到了之后两个人的姿势会有多不妥。摔下去那一刻，她听到臣航闷哼了一声，而被他搂在怀里的自己并没有感觉到很明显的疼痛。

罗卓薇自然在第一时间反应过来自己不能压在臣航身上，但天旋地转过后的对视以及彼此之间被急遽拉近的距离，通通让她始料未及。

她的双手触碰到的躯体是温热的、极具生命力的——她想象过许久的。

她在不知所措的状况下撑起身子，可颤抖的双手违背了意志的指令，它们似乎比少女青涩的妄想更加贪图梦里朦胧的触感，指尖不受控制地从裸露在外的锁骨向下，滑过因为紧张地呼吸而起伏的胸口，还有被卫衣遮住的、她曾匆匆窥探的少年柔韧的腹部。

在她的指尖掠过的同一个瞬间，罗卓薇感觉到了臣航的微颤——与她的颤抖不同，那是竭尽全力的忍耐。

她还几乎是双腿叉开地跪坐在他的身上……

无尽的羞耻感潮水一般啃噬着廉耻感异常鲜明的内心，她道歉的声音已然跑调。

他会是什么反应？

罗卓薇的脑海中已经闪过了千万种假设，但她没有想过自己会被臣航推开。

他到底还是控制了力道，那一下握住她双肩的轻推并不会让她感觉疼痛，但是这个动作的致命之处是心理上的——这是变相的拒绝。

于是她心底的那股羞耻变成了羞恼，是能够轻易引发泪意的恼——不是对他，而是对自身的行为和可耻想法的愠恼。

他发现了吗？

自己被讨厌了吗？

被臣航扶起来的同时，罗卓薇没忍住，挣开了对方的手。

"高岭之花"冷淡的外表被打碎了，罗卓薇不知道现在自己的脸上是什么表情，也不敢揣测臣航现在到底是何种心情——从他的神情之中窥到半分困扰，就足以让她恨不得立刻从此处消失。

她这个年纪的少女拥有世界上最脆弱矜持的自尊心，而貌美对于自尊的加成并不能被她温柔的性格抵消，只会让她的心理防线更加脆弱。

所以她不得不小心地堆砌保护这颗心的外墙，她知道自己的脆弱之处，明白自己的防线不是磐石，只是稻草。

恋爱就是长在心口的带刺蔷薇，她想要触碰，却又会被割破手指；也是避而不及的猛兽，来势汹汹，一不留神就会踩烂她谨慎维护着的稻草城堡。

察觉到她的脸色不太对劲，被挣开手的臣航反应很快地叫住她："等一下！"

可他为什么还要叫住她？

罗卓薇一言不发地拿起自己放在沙发上的书包，现在只想从这里逃走，逃避方才那种很有可能克制不住自己的眼泪的气氛。

玄关的尽头就是那扇原本令她充满期待能够打开的门，罗卓薇停下，右手搭上门把，左手抓着书包背带的手指攥紧。

门把上方安装的是安全可靠的指纹电子锁，没有臣航帮忙的话，她是打不开的。

她其实明白自己现在想要离开的行为只是掩耳盗铃，接下来她必须去面对臣航可能会有的所有疑问。

罗卓薇轻轻地闭了闭眼，试图把眼中酸涩温热的眼泪逼回去。

"罗卓薇。"

他果然追过来了，但只是在隔着她两步距离之处停下。他看着罗卓薇的背影，察觉到她那向来都挺得很直的脊背正在微微颤抖："你先听我说……"

罗卓薇不肯转过身去，也没有回话。

她拼命克制着因为情绪不可避免泛起的微颤，视线紧紧地锁在那扇漆黑的门扉上。

女生的背影是这样纤细的吗？

臣航看着罗卓薇不愿转过身来的背影，心里面五味杂陈。

他隐约能够猜到她这种突然的反应的原因，虽然并不太敢确定——在方才猛然和罗卓薇拉开距离的那个瞬间，他看到了她脸上的神情。

刹那间便红了脸的她，表情并不是羞怯的，而是慌张的、迷茫的，还有一点点细微的、仿佛什么秘密被撞破的难堪。

失去了往日那种温顺、平静表象的罗卓薇生动得不可思议，不再是雪山上的雪莲花，而是雨季的鸢尾花，脆弱，却有人间烟火的美丽。

这份美丽无法用言语去形容，同时也无法让人置之不理。

"你先听我说，好吗？"

其实低烧带来的眩晕感并不弱，再加上方才的意外，臣航现在还觉得头晕目眩得厉害。

可他不可能不在意罗卓薇的反常。尽管她固执地背对着他，但臣航觉得她的那阵轻颤已经要颤进了自己的心里。

她是在哭吗？刚才的事情站在女生的角度来看是很讨厌吧——和男生那样子抱在一起。

她应该是感到讨厌了，是讨厌被他碰到，还是讨厌被他推开？

脑海里不知所措的想法一个接一个，臣航不知道怎么询问，说实话，他也没办法一一问出口。

他只能试探性地拉住了罗卓薇的手腕——以接近没有的力道，小心翼翼地试图让她转过脸看向自己的方向。

罗卓薇没有挣扎。

只是……配合着他的力道转过身来的罗卓薇，脸上还在滚着泪水。

"对不起……你不要哭。"可以说是头一次见到女生的眼泪的臣航彻底慌了，条件反射地就想松手，却被罗卓薇泛着凉意的手指反搭住手心。

两道声音撞到了一起。

和他同时道歉的还有正在落泪的罗卓薇："对不起……"

她似乎是才意识到自己在落泪，拿着书包的手早就松开了，任由书包掉在玄关的地板上。她用空着的那只手盲目地拭去脸上的泪，却苦于控制不住，最后放弃了这个擦泪的动作。

眼前的臣航看起来比她还要迷茫，束手无策却又笨拙地想要安慰她的样子让罗卓薇第一次感到轻微的心痛。

他又在为了什么道歉？这种时候也要对她如此温柔的他简直太

过致命。

他的目光让她觉得自己无处遁形，她几乎用光了最后那点儿勇气，语气如同即将被行刑般孤注一掷："我……被你讨厌了吗？"

"我被你讨厌了吗？"

这不应该是由罗卓薇问出来的问题。

这个问题也好，她轻轻垂下眼拭去眼泪的样子也罢，都让人分不出她是在逞强还是在示弱。

我终于也在这个堪称唐突的问题里找到了她反常的缘由：是我刚才推开她的举动让她误会了。

她还在掉眼泪，但是对两个人来说过于狭窄的玄关没有在鞋柜上摆着纸巾。

或许是气氛使然，也可能是这阵低烧确实让我不太清醒，我条件反射地抬起没有被她拉住的另一只手，小心翼翼地用连帽卫衣的袖子帮她擦眼泪："没有。

"反而这句话该我来说。"

距离这种东西，超过一次是逾越，超过第二次就有点儿破罐破摔的意思了，眼下再次拉近的距离其实让我也很紧张，但是现在止住对方的眼泪是更重要的事。

"刚才推开你……对不起。"

推开她的原因我说不出口，我只能不停地道歉。

闪烁其词的解释还想继续，我的视线却顿在罗卓薇被我擦得有些泛红的脸上，稍稍上移，对上的便是她含着水的双眼。我卫衣的袖口上只落下几点湿润，她的眼泪则不知道从何时便已经止住。

她泪眼朦胧地看着我，温热的气息轻轻地打在我的脸上。

"……"

意识到什么的大脑警铃大作，心脏开始"怦怦"乱跳。

停下来……

尚存的理智还想无力地垂死挣扎一下，可早在先前心潮起伏的悸动之中被感性泡得发烂发软，如数化作了冒着气泡的啤酒，带着醉意"咕嘟咕嘟"地流进大脑。

停下来啊……

原本只是横着为她擦泪的手腕转了个方向，右手的手指不受控制地落在她的左脸上。

停……

在我眼中，她缓缓地闭上了眼睛。

啊，该死……这还怎么停得下来？

我吻上去。

10. 你我关系

理智断线就在一念之间。

那条早已经抽丝的细线，在天平倾斜的瞬间骤然断开。

那一瞬俯身亲吻她的冲动他无法自控，那是意外，也是情难自已。

罗卓薇的所有的神态和肢体动作都在无声地传达她不会抵抗的信号，像是雪崩前最后的那片雪花，轻飘飘的，却又彻底让所有的感情和悸动失控。

低烧带来的迷蒙和热度早就在双唇贴上的那一刻彻底消失，臣航回过神来的第一个反应是要撤开——纵使是气氛使然，罗卓薇看起来也没有反抗的意思，但是他也不应该就这么轻易地在这种时刻吻上去。而他只是稍露出几分清醒的退意，就被她敏感地发现。他的卫衣领口被那双纤细的手紧紧揪住，然后被用力一扯，相离不到半毫米的唇再次附上。

"等……"那句堪堪来得及说出半句的阻止就像是物极必反的助燃剂。

吻一次是意乱情迷，吻两次则是有意为之。

臣航明显地感觉到罗卓薇揪住自己领子的双手在抖，可即便如此，她也在拼命地踮起脚，全身都在述说这一切都不是某个人一厢情愿、顺水推舟，这是热切的、失控的、她想要的……

是谁的舌先伸出，又是谁先露出唇齿间的破绽已不重要，青春期无法克制的荷尔蒙和引力早早地让这个吻变了味道——抛却纯情，却依然生涩，深吻的间隙余下的只有换气时的喘息，但不愿分离的渴望比那细微的缺氧感更要深切百倍千倍，只能用"上瘾"二字概括。

或许男性这种生物天生就更善于在接吻中掌握主导权，纵使是"那个臣航"，在这场亲吻之中也隐隐约约地带着点儿侵略的意味。

这种投入让人眩晕且着迷，罗卓薇只觉得自己的背在无意识地后退中已经贴到了门上，并且没有余力再去维持平时那种端正挺直的姿势。她颤抖着，只能半靠在门板上维持平衡。

果然接吻会让人变得奇怪吗？明明身体已经到了力不从心的临界值，她却不舍得让他停止，像心甘情愿地彻底沦陷一般。

所以，现在这种情况算是怎么回事？

仿佛用尽了一辈子的冷静的我把罗卓薇送回家以后，回到公寓坐在沙发上，简直要陷入对人生的无限怀疑之中。

刚才我为什么没有问罗卓薇要不要交往？

明明有说出这句话的机会的，可是一旦看向她的脸，我就只能丢下一句差点儿咬到舌头的"我先去把那锅面处理掉再送你回家"。

其实我也不是没有鼓起勇气想尽力自然地问这么一句的。但当时光是和她对视，我就会不由自主地开始脸红，在亲吻中仿佛死掉的羞耻心知后觉地全都复活，多看她一眼，我的脑海里就会疯狂地开始回放刚才自己的行为。

而且易碎的自尊心也在作祟，我生怕听到和自己想象中完全相反的回答——少年的全部自尊心比玻璃器皿还要脆弱——如果她的回答是"不"该怎么办？

想至此，我感觉自己简直要被那股纠结搞到疯掉，索性拿起手机，打开微信，点开和林昊渊的对话框，视死如归地输入文字。

CHEN："我问你，你平时是怎么和女生表白的？"

林狗渊："当然是靠脸。我一般都是被倒贴的。"

林昊渊这家伙估计是没去约会，微信回得飞快，顺带发了个得意扬扬的小猪表情。

这家伙能不能去死啊？！我无语地回了几个点给他。

看来我真的是有点儿脑子不清醒，居然试图从林昊渊那里得到什么正经答案。

但林昊渊这小子在这方面的感知神经无比发达，长了一张英俊潇洒的脸，八卦起来也是无人能敌。

林狗渊："不得了，你居然会问我这种问题。"

林狗渊："有情况啊有情况。"

林狗渊："看上哪个妹子了啊我们臣小航？"

林狗渊："还是，罗卓薇？"

他要不要这么敏感啊！

CHEN："滚啊！当我傻了问你这个问题。"

我差点儿连手机都拿不住，迅速准备转移话题。但林昊渊这花间老手不是浪得虚名的，再加上我们几乎算是从小就认识，他隔着屏幕都能察觉到我的意图。

林狗渊："哈哈哈！"

林狗渊："别急，谁急谁是狗儿子。"

林狗渊："不问就不问咯。"

好在他仅存的一点点良心还没被狗叼走，他没有继续追问我。

只是笑完以后，他假惺惺地给我发了一段语音，一听就是乱来的所谓建议，只有这个狗东西才能干出来这种破事："撩妹嘛……也是要讲究技巧的，没有人规定必须是男的先告白。"

林昊渊的声音怎么听怎么不怀好意："你也可以试试让你心仪的妹子跟你告白的，你勾引她呗！

"具体怎么勾引嘛——当然是撩起衣服露出你的身材，保管天仙下凡也要拜倒在你的球鞋之下。"

呵呵。天真地点开这段语音的我好像弱智。

我冷漠地给说到最后开始狂笑的林昊渊回了一个"滚"。

现在她和臣航之间算是什么关系？

罗卓薇也在思考着这个问题。

她并不迟钝，可以明显地感觉到臣航无疑也是对她有感觉的。但那种"感觉"究竟是怎么样的感情，她不清楚。

他到底是顺势为之，还是和她一样情难自禁？

可是被珍重对待的触感太过清晰，罗卓薇并不认为那个吻是趁火打劫，是男性的劣根性在作祟。

臣航揽在她腰间的左手很小心，仿佛她是什么易碎品，举动尽量在能忍耐的范围都做到了轻拿轻放。几近失控也是吻到后面，他将右手的手指轻轻地穿过她的发间，力道是她幻想过好几十遍的温柔。

点燃的火几乎要从相触的唇齿烧到四肢百骸……

回想的思绪因为她按下键盘回车的"啪嗒"声而迅速断掉，抬眼对上输入了几句乱码的空白页面，罗卓薇这才发现自己居然在专业课上险些走神儿。

投影仪上的幻灯片还在轮播，罗卓薇别过眼，看了一眼前座那个方才出现在脑海里的背影的主人——臣航正巧这节课坐到了她前面的座位。

周围的同学仍沉浸在课堂之中，她这个好学生却罕见地心绪飘忽。她掏出桌底的手机，点开名为"臣航"的联系人对话框，手指却在停在键入文字的虚拟键盘上犹豫不决。

文字太直白，她不想，也不敢失去退路。于是罗卓薇抿了抿唇，取出笔盒里的圆珠笔，用按压式的笔帽轻轻地抵住臣航的背。

然后她看到臣航明显震了一下。

罗卓薇低下头，小幅度地抿唇微笑，用左手撑着腮，做出在旁人眼里若无其事的伪装，然后握笔的手指稍稍用力，一笔一画、小心翼翼地用笔帽在臣航的背上写着——

一点、一横、一撇……

每个字她都写得认真至极，缓慢而又专注。她像是生怕对方不懂自己的意思，又像是想要把几乎脱口而出的心意一笔一画地刻进这几个字里。

臣航则几乎是在感觉到罗卓薇的笔抵在背上的那一刻就条件反射地绷直了背，昨晚好不容易平复的乱七八糟的情绪一下子全都涌上心头。

他努力地忍耐着，面上还要维持着一本正经听课的样子，只有根本没法好好聚焦在幻灯片上的视线暴露了他的无措和紧张。

"下""课""后"……他在心底一撇一捺地认真体会着背上那个小小的触点带来的酥麻感。

"下课后我有话跟你说。"

那个触感戛然而止。

心跳如雷，臣航小小地深吸一口气，趁着没人注意，左手迅速地在背后反手比了一个"好"的手势。

刚好，他也有话想对她说。

11. 表　白

放学。

我从来没觉得学校的下课铃是如此地令人煎熬。

几乎是随着下课铃响起，周围就地响起了各种合上电脑、收拾书包的声音，女生的笑声和男生相互邀约去哪里玩的声音此起彼伏。

课室如此嘈杂，我的耳内本该是被灌满杂音的，但大概是心理作用，我此时的听力反而比平常还要灵敏几倍——后座的人几乎没发出什么声音，可想而知对方只是静静地坐在座位上，等待着教室里的人慢慢走光。

于是心里失衡的慌乱感被陡然放大，像是摇摆的天平，左摇右晃地让大脑无法维持冷静。

细微的紧张感让人坐立不安，我合上电脑，还握着签字笔的右手便无意识地转着笔，我试图通过这种无聊的途径排解一两分那种即将被审判的无措感。

我正在脑海里组织一会儿该如何措辞，突然被平时玩得不错的男生拍了拍肩膀："等下还有晚课吗？我刚约了人去玩，没有的话要不要一起？"

"今天有事。"正在转着的笔"啪"的一下停下，我收好笔，露出抱歉的表情，捶了一下对方的手臂，"下次约。"

"行，下次一定要来啊！"朋友痛快地应下，对我随意地挥了挥手准备离开，目光却突然落在我的后座上。

这节专业课是下午的最后一节，教室里的学生已经走得寥寥无几，而我和罗卓薇却还若无其事地坐在座位上，等待教室清场的意图不能更明显。

这种情况对于专业班里的男生来说并不少见：像我现在这样，放学后叫住罗卓薇让她等自己，然后等人都走光以后再告白的男生不在少数。

于是，我看到朋友的脸上露出了一种暧昧的揶揄笑容来。

"哎，哎……臣航你也……"他压低声音，笑嘻嘻地道。

他几乎是顿悟一般，脸上恨不得写满了"我懂"两个大字。在对我一番挤眉弄眼后，他非常上道地把剩下的两个还在打手游的男生也勾肩搭背地拖了出去，还不忘回头对我无声地做了几个口型。

我看懂了——是"祝你失恋快乐"。真是交友不慎

可是这番打岔并没有消除我心里的紧张感，倒不如说它反而在疯狂增长，心脏随着教室那扇被贴心关上的门失控得彻底，忐忑得几乎要跳出心房。

心理建设做了一遍又一遍，我闭了闭眼，深吸一口气，这才转过身像日常和罗卓薇说话一样反坐在椅子上，尽量自然地开口："罗卓薇。"

开口的瞬间我就觉得完了——我的声音听起来实在太紧张，声带发紧，扭作一团，没有跑调都已经是不幸中的万幸。

她静静地看向我，窗外夕阳橙红色的光使她的眼睛看起来非常通透，与琥珀石无异，美丽得让人哑然。

这就是以往那些把她叫住，再跟她告白的男生的心情吗？

平时都没在乎过的下课铃，好似一刹那被突兀地放大千百万倍，让人忐忑，让人不安。那铃声完全就像是被审判前最后的晚餐，让人在慌乱的同时又有点儿微妙的期待——她期待着想象中最好的那个回答。

她要是能像以往那样镇定自若就好了。

如果是面对往常那种告白的话，她一定不会像现在这样子不知所措，将对方的任何一个动作都细细地解读出不下十种意思。倘若他的神态和肢体动作与平时不符，那么她也会开始暗自提心吊胆。

随着时间一点点流逝，教室里已经没有剩下几个同学了，然后罗卓薇看到臣航的朋友走过来和他说话。

大教室前后座的距离很近，罗卓薇理所当然地把男生之间那点儿小小的打闹声全收进了耳朵里。她静静地看着臣航的朋友把教室里剩下的两个同学也拖了出去，回过头笑嘻嘻地跟臣航比着口型。

那几个口型罗卓薇当然也看懂了。

只是他们都不会想到的是，这次想要告白的人不是臣航，是她。

她把落在腮边的碎发别到左耳后，不自觉地在心底苦笑自己现在的处境——真不像她。

罗卓薇抿了抿唇，视线随着那道越来越小的门缝缓缓移动，心脏在那道缝隙彻底消失的瞬间也微微地颤了一下。那道门简直就如同连着她的神经，闭合的那一刻预示着什么开始。

"罗卓薇。"

可是事到临头，要不是强撑着维持着那份摇摇欲坠的冷静与矜持，她几乎想要从臣航望向自己的目光中逃跑。

臣航反坐在椅子上，然后把手肘放在她的桌沿上再温和地和她说话的这副模样明明是她司空见惯的，但早已熟悉的景象在此时此刻绝对算不上日常。少了那些在过道上嬉笑打闹的同学，他叫她名字的语气也不再是往日那种像开着玩笑一样轻快的，而是小心的、郑重的，有着和她相同的紧张。

你也在紧张吗？

你的这种无措，会是出于和我同样的缘故吗？

少女悸动的心境开始作祟，罗卓薇没有说话，只是抬起眼和臣航对视，顺应他的这声呼唤，认真地看着他的眼睛，即使那双眼眸里盛满的是自己几乎竭尽全力假装平静的样子。

手心隐约传来了细微的被掐住的痛感——她放在大腿上的左手下意识地紧攥成拳。

陷入恋情这件事未免太过危险，光是失去了平时所掌握的主动权就足以让人如此不安。

罗卓薇下意识地屏住了呼吸，总算明白了以往那些男生为何总是在她面前显得有点儿说不出话。

这与食物链上的食肉动物和食草动物相遇有何不同？她像是被拽入了食物链的底端，所有的想法在臣航的面前无处遁形，既渴望被他捕捉，又害怕会被他可能有的冷酷杀死。

那双她所爱慕的眼睛也是。罗卓薇无数次希望过能在这双眼眸里看到更多专属于她的情绪，此时此刻却胆怯了，这漆黑又吸引她的瞳孔映出她赤裸裸的慌乱，以及她所能拿出的所有坦诚。

他左眼下的那颗泪痣，她昨天还触手可及，今天她却觉得遥远得不可思议。

明明此时他们之间不过一桌之隔。

久久的沉默把这段对视的时间拉长。出乎罗卓薇意料的是，最先撑不住的是臣航。

她听到臣航沉默了半天，最后像是下了很大的决心，用豁出一切的口吻问："昨天……对你来说是意外吗？"

我不应该先说这个的。

告白的话，我应该说些更加柔情蜜意的话作为铺垫才对，而不是提起昨天的事。

生理性的高热早就在强力的药效下退去，可是脑袋好像还停留在迷糊又冲动的昨日，我只想执拗地弄懂她的感情，想要证明平日里感受到的悸动不是自己的错觉。

这并不是个好问题，我非常清楚。

然而，无论罗卓薇给出的答案是什么，我都发现我的心里找不出一丝一毫对于昨天行为的……后悔。

廉耻心是有的，羞愧感也是有的，但更多的是难以言说的心动，那种无法形容的悸动和兴奋像是身体的本能，融进血液，在知道她不会反抗而是接受的那一刻变得异常汹涌。

没错，我可耻地没有哪怕半点儿的后悔感。

那确实是情感失控的意外，但如果时光倒流一百遍，那场意外就会变成有所企图、早有预谋。

也是在吻上去的那个瞬间我才察觉：原来从自己都没有发现的某个时刻开始，我就对她抱有无法言说的情感。

面对我的问题，与我一桌之隔的罗卓薇陷入了沉默之中。

她大抵没有想到我会这么问，那双漂亮的眼睛里少见地流露出些许茫然。她先是抿了抿唇，像是有话要说，随后又像是不知所措，开口的动作便硬生生地止住，再次沉默。

能让待人接物都被人挑不出毛病的"高岭之花"露出这样的神情，想必我这个突兀的问题一定让她很困扰。

心里的天平已经滑向设想的糟糕结果那端，开口前做的心理建设也脆弱得像是纸糊的一般，一点点地被这份沉默揉成一团。

"昨天的事情，对不起。"实不相瞒，我现在的负责理性思考的神经或许已经成了一团糨糊，支撑着我继续开口的只是那份她给我的悸动和必须要把我的所有想法告诉她的赤忱。

"两件事。"我看向她，一字一顿，"一个对不起是因为，昨天没经过你同意就……真的很抱歉。

"还有就是——"我努力克制着自己的咬字不要发抖，但是这种剖白自己带来的颤抖和慌张太过剧烈，我与将被行刑的死囚没有什么区别。

"昨天的事，对我来说并不是意外。"

话音落下，一锤定音。让人头晕目眩的这个瞬间，我只能听到我心跳的声音。

偏偏风不合时宜地吹了起来，从没关上的窗户撩起窗帘的一角，奶白色的柔软布料扬起，在我和罗卓薇之间形成了一堵短暂的墙。

而正是这看不到她的面庞和神情的一秒，我一直在动摇边缘的克制决堤了。

我想说的，绝对不仅仅是以上那些无关紧要的话。

等到反应过来，我已经下意识地站起来，然后拉开那碍事的窗帘，椅子在那片刻的理智走失之中被推出座位。

我想说的是——

"我喜欢你。"

紧张感让我的嗓子有些哑，最后一个字显然走了音。

伴随着这句话，柔软的窗帘被我称得上有些粗暴地拉开，罗卓薇的脸重新出现在我的眼前，已经完全变成橙红色的夕阳余晖落在她的侧脸上，因刚才的风而变得凌乱的她的发丝都泛着暖金色的光。

她的眼眶不知为何微微泛着红，但是这样子的她让我不合时宜地觉得心跳不已。

她也正看着我。

我的声音和她的声音再次撞到了一起。

"我喜欢你。"她轻轻重复道。

12. 初次邀约

说句实话，臣航其实对自己的告白根本没有任何看好的意思。

毕竟他告白的对象可是罗卓薇——那个在一众男生心里轻飘飘的、谁都得不到的罗卓薇。

然而正是这样的她，对他说了"我喜欢你"。

臣航想，现在自己脸上的表情应该非常蠢。

他的告白和罗卓薇的声音撞到了一起，脑内像是在那个瞬间放起了礼花，喜从天降的幸福感和眩晕感差点儿把不可置信的少年击倒，他整个人都要陷入这种晕乎乎的情绪之中了。

眼前同样红着脸的、看起来忐忑不已的罗卓薇在他看来有些不真实。臣航很想紧紧抱住她来确认一下互通心意并非他单方面的想象，然而他不敢轻易唐突佳人，只能愣愣地盯着罗卓薇漂亮的脸，甚至不敢确认一遍刚才罗卓薇说的是什么。本来就显得无辜的下垂眼此时正因为眼角微微泛红，让臣航看起来像小狗一样可怜又可爱。

要命……臣航突然糟糕地意识到，他的眼眶正因为罗卓薇的话语而涌起了微微的热意。

"臣航？"按理来说，互通心意以后的人怎么说都不会有这种表情，因此担忧起来的罗卓薇先犹豫着靠近了他，缓缓地伸出手，似乎是想要触碰臣航的脸，"你怎么了？"

在喜欢的女生面前狼狈成这样真的是一点儿都不帅气，可臣航确实没有办法在这种情况下像林昊渊那样又酷又冷静。

他握住罗卓薇想要抚上他的脸的手，改作温柔地牵住她，然后抬起另一只手臂盖在脸上胡乱地擦了擦："没事，我只是——"

我只是——太开心了。

自尊心让刚刚如愿以偿告白完的臣航不好意思把话说完。毕竟高兴到有点儿想哭这种事，对男生来说真的太丢脸了。

试图补救的臣航现在看起来很像那种急切地想要亲近人类的狗狗，左顾右盼以后拿起了罗卓薇的书包，抬起眼看向罗卓薇："那我可不可以送你回宿舍？还是你今天要回家？"

明明已经是她心照不宣、名正言顺的新晋男友，但不知道为什么，他还是用了个请求的问句。

"当然。"罗卓薇没忍住笑了起来，尽管还是有点儿脸红，但是看到臣航这副比她还紧张的样子后，那些细碎的不安和踌躇似乎都像是被戳破的泡泡一般，消失得无影无踪。

她温声说道："我今天回家，家里有事要帮忙。。"

罗卓薇答应的时候下意识地握紧了臣航还牵着她的右手，结果他好像才反应过来原来方才自己一直紧紧地拉着她的手，僵了僵后才若无其事地放松，脸上那种像小狗一样的无措表情更明显了些。

这种紧张青涩的甜蜜实在是让人苦恼，少年人既想稍稍远离对方，让心脏不要超负荷运作，又想更加靠近对方，让这种心跳彻底过载。

罗卓薇想了想，还是犹豫地松开了手。

感觉到掌心里的力道在悄悄脱离的臣航也顺从地放松手指，遗憾和松懈同时在心底涌出，没想到下一秒手腕却被对方葱白的手指触碰。

她只是几乎没用上什么力道地拂过他的手腕，语气与平时和他说话时没有区别："我们走吧。"

但此时此刻，彼此之间的距离不同、气氛不同，罗卓薇的神情也不再是那种千篇一律的温柔。

臣航看向罗卓薇的眼睛——她暖棕色的瞳孔里满满地只有他自己。

公交车上。

工作日不幸遇上下班晚高峰的公交车就像是世间最惨烈的沙丁鱼罐头，他们挤在上班族之间，甚至连扶靠的杆子都是稀缺物品。

罗卓薇努力地想要稳住不由自主地随着车摇晃的身体，只可惜她现在的位置既不靠门，也不靠窗，抬手能够到的拉环也被上班族的手占满，她只能在人与人之间努力地维持平衡，以免失礼地摔到谁的身上。

罗卓薇感到些许难堪以及窘迫。

当然不是因为她现在正有点儿狼狈地抱着书包在挤公交车这件

事，倒不如说这种辛苦对她来说其实是家常便饭——时常搭乘公交车回家的罗卓薇早已经习惯了这种高峰期的困境。

难堪的是今天臣航送她回家，送到家门口的那种——而此时公交车上的人实在是太多，以至于罗卓薇被迫和臣航贴得很近。

他的体温大概永远和小狗一样是偏高的，光是极近地接触，就足以让罗卓薇感觉到一阵微妙的热意，也不知道到底是心理作用在感觉对方的体温传来，还是自己的温度在上升。

他们靠得太近，看向对方这件事变得有点儿让人羞赧，罗卓薇只得把目光和臣航低下头默默看地的视线错开，随意地落在公交车显示屏的滚动广告上。

突然，公交车时不时地摇晃和拐弯时的惯性，让她一时不稳，险些要栽到臣航的怀里。臣航的反应很快，一只手立刻牢牢地抓住她的胳膊肘，稳住她的力气大得不可思议。

但即便如此，拥挤的公交车的惯性比想象中要大，罗卓薇踉跄了一下，鼻尖轻轻地擦过他衬衫的领口，千钧一发之际，双手无比暧昧地撑在他的怀里。

事发突然，两个人都有点儿措手不及的茫然，罗卓薇更是感觉到了那个瞬间臣航的紧张——他握住她手肘的手没忍住收紧了些许。

这种时候，她是不是说一声"对不起"比较好？

罗卓薇仰起脸，想稍微拉开点儿距离再和臣航说话，没想到这段路程像是非要开点儿玩笑一般，公交车紧接着拐弯，她方才稍稍拉开的距离彻底作废，她这回是真的结结实实地埋进了他的怀里。

温香软玉在怀的臣航纯情地结巴了起来："你……你没事吧？"

"没事。"罗卓薇细声细气地回答，感觉自己的心跳快得有点儿离谱，面上还在努力维持一贯的表情。

她不太想在臣航面前露怯，于是抬起原本因为突发事故而软绵绵地垂在身侧的手，扶着他的手臂，试图再次和他拉开距离。

罗卓薇的手刚刚触碰到臣航的外套，未来得及抬头，却突然被臣航阻止。

除去他原本抓住她手肘的右手，他的左手力道很巧地扶着她的右肩，有点儿笨拙地阻挠她想要仰起脸的动作。

罗卓薇顿了顿，随后便顺从地不再动了："怎么了？"

"没……"罗卓薇这样温柔地配合似乎反而让臣航更为难了。他难得吐字有点儿犹豫，没有察觉到自己说话时的呼吸会轻拂在她的额头上，护着罗卓薇换到了一个角落后才继续道："不想被你看到表情。"

这种因为轻微的触碰就慌张脸红，一点儿都不帅气的表情。

其实露出这种神情的臣航一点儿也不差——没有什么攻击性的容貌让他在不好意思的时候看起来也像小动物一样，给人一种毛茸茸的感觉。

更何况，换了个靠窗的角落站定以后，罗卓薇其实能从玻璃窗上那朦胧的倒影中窥到一点点臣航的表情。

她不会告诉他的。

她从善如流地说了"好"。

"到这里就可以了。"

罗卓薇停住脚步，指了指前方不远处的一家漂亮花店，转过身看向我："前面就是我家了。"

脑海里的确记得在联络簿上看到罗卓薇家的地址登记的是这家

花店，我放下心之余，不由得下意识地想象了一下罗卓薇帮家里看店是什么样的情景。

漂亮的女生和各种各样姿态的鲜花……怎么想都挺赏心悦目的。

我点点头，打算看着罗卓薇进家门再走："你快回去吧。"

"那明天见。"罗卓薇朝我笑了一下，转身走进花店。

看着她推开了布置温馨的花店的玻璃门后，我掏出手机看了看时间，正打算打个车的时候，罗卓薇又像想起什么一般推着门，温和地叫了一声我的名字："臣航。"

她半探出身，马尾辫随着她的动作垂下。恰好放在店门口的是几束沾着水的百合，同她在夜色与暖光灯下的脸有相同的清纯。

"这周六……要不要一起出去玩呢？"

她问道。

13. 尝试约会

发出邀请以后，罗卓薇久违地感到了些许忐忑。她心不在焉地将刚刚写好的课题论文保存，摊开日程本，尽量让自己的目光不要往放在一旁的手机上看。

可注意力没法骗人，勾画今天的日程时，罗卓薇很明显地感觉到自己的部分心思时时刻刻都在留意那个毫无动静的手机屏幕。

屏幕一亮，显示有新的微信。

罗卓薇感觉自己的心颤了一下。

预览信息处赫然是臣航的名字——性格使然，她给他备注的是全名，只不过现在可以偷偷在名字的末尾点缀一个小狗的表情。

臣航："你喜不喜欢水族馆？"这句话的后面还缀着一个丑得可爱的小狗表情。

罗卓薇自然是喜欢的——应该很少有女孩子会讨厌水族馆。

VV："嗯。"

VV："挺喜欢的。"

罗卓薇原本抿着的唇不自觉地扬起一个小小的弧度，但又在意识到自己在笑以后赶紧调整好表情。虽然知道现在自己这副模样根本没有第二个人看到，但是她还是感到了轻微的不好意思。

对面的臣航似乎是没想到她回得这么快，"正在输入"的提醒闪了闪，然后又有两条消息跳了出来。

臣航："那周六……"

臣航："去水族馆可以吗？"

罗卓薇回复了"当然可以"，和臣航敲定时间以后，拿起刚才被搁置的笔，在日程本上圈下了周六这个日期。

提笔正准备写下行程内容时，罗卓薇顿了顿，察觉到了一阵迟来的羞赧。

虽然先开口邀请臣航在周六见面的是她自己，但是其实她并没有抱有太多其他的想法。对于凛然的"高岭之花"而言，和男生单独出去玩的经验稀缺得可怜，她原本的想法只是想和臣航更亲近一些而已。

水族馆……罗卓薇几乎能从这三个字的缝里看出两个大字：约会。

罗卓薇合上本子，略带思考地看向衣柜的方向。

情窦初开的第一次约会，罗卓薇不可能不重视。她甚至在闹钟还没响的时候就醒了过来，定定地看了天花板几秒后，起床开始洗漱。

她出门的时候有点儿紧张，生怕被母亲看出端倪。

为了方便在花店帮忙，罗卓薇休息日的私服向来都是款式简洁的长裤，而她今天穿的是挂在衣柜里许久、鲜少拿出来穿的连衣长裙。

要是被母亲问到的话，她该说是和朋友出去，还是如实相告？

所幸这个点花店很忙，罗卓薇出门的时候，正在忙碌的罗母只来得及匆匆对女儿说上一句"注意安全"。

罗卓薇松了口气，心里一丝丝因侥幸而生的内疚随后便被另一种柔软的期待充盈。

距离约定的时间还有约三十分钟，罗卓薇看了一眼腕表，轻轻地吐了口气，在脑海里思考待会儿见到臣航该说些什么好。

这两天在学校的日子稀松平常，因为近期的考试周刚刚结束，教师办公室那边需要学生帮忙的事情很多，被委以重任的罗卓薇很忙，两个人除了在专业课的结课报告上能见上一面，其他时间几乎没说上几句话。

这倒打消了些许罗卓薇先前的紧张。她不由得期待起临近的见面，想和臣航多说些什么，什么都好。

他们约定的地点在轻轨站的门口——两人要去的水族馆并非坐落于市区，需要庞大占地面积的知名水族馆在靠近城市边缘的郊区，她和臣航需要一同搭乘轻轨前去。

当时臣航还有点儿不好意思，问她会不会觉得太麻烦了。

即使只是通过对话框，罗卓薇都能想象出他那种像小狗的语气，忍不住笑着在键盘里打下"不会"两个字。

这么想着，地铁已经显示到站，她顺着人流出了车厢。

今天是个好天气，光线充足，晴朗得近乎在配合她的心情。罗卓薇到的时间很好，提前十分钟，不多不少。

她下意识地环顾了一圈，寻找臣航的身影。心底里同时在对自己的这种行为感到有些好笑：为什么她要轻易判断臣航也会提前到呢？

男生的话，也有可能是准时到或者迟到些许……

"罗卓薇。"

怎么他每次都能轻而易举地做到这种仿佛对她所有期待给予回应的事？

罗卓薇回过头，长裙刚好随着她侧身的动作荡出一个弧度。闯入她的视野的，是臣航见到她后笑起来的样子。

他一定是不知道自己的泪痣有说不清道不明的魅力，随着眼角笑起来的弧度，几乎要让人误以为他身后正有尾巴拼命地摇着。原本柔软的头发也难得地被抓了个小小的偏分，发缝恰好和泪痣在同一边，将其衬托得更加惹眼。

臣航的打扮让罗卓薇想起来第一次见到他的时候，只不过灰色的卫衣更适合有着大型犬气质的臣航。

原本藏在较为宽松的工装裤之下的一双长腿，现在也明晃晃地被水洗破洞牛仔裤包裹着。

他小跑着过来的时候，狗牌一样的工装项链在他的胸前晃来晃去。

不过和他们初次见面不同的是，现在他是她的小狗了。

"你到得好早，幸好我提前来啦！"臣航挠了挠头发，松了口气的样子，很自然地拿过她手上的小包，先她半步走在前面带路，"走吧，也接近候车的点了。"

"好。"罗卓薇看着臣航的后脑勺儿上因为小跑而变得蓬松的头发，笑了笑后跟上。

臣航似乎还有些欲言又止，在意罗卓薇有没有被进站的人流冲散时，和一直在安静看着他背影的罗卓薇对上了视线。

他的眼神有些闪烁，对上罗卓薇略略不解的眸光后，他像下定了什么决心一般轻轻说道："你今天……很漂亮。"

尽管臣航脸上是还算冷静的表情，但是他的耳朵很明显地出卖了他的不好意思，就连戴着耳饰的耳骨也险些烧得通红。

其实礼貌地称赞女性对于他来说并不是什么难事，但现在并不是处于那种轻松就能说出口的礼节性场合。

罗卓薇诚然是向来漂亮的，但此时此刻的漂亮和往日不同，与那些无意识的美丽不同，这是她单独向他展示的、只属于他的清纯。

光是想到这一层，就足够让遭遇初恋的他心跳加速到心律不齐。

见他这样，罗卓薇反而没了什么害羞的情绪。她故意不去戳穿臣航的故作轻松，轻轻地笑起来，伸手拉了一下他卫衣的袖口："谢谢你这么说，我很开心。"

14. 水族馆的落幕

"喂，你看那个女生，你觉得漂亮吗？"

我站在走廊上的栏杆旁，饶有兴趣地往下看教学楼的时候，被旁边的人捅了捅胳膊，示意我不动声色地观察一个正往这边走来的女生。

基本会被人用这种口吻形容的都是漂亮女生吧？我有些无奈地想着，但还是配合地转过身，看了一眼那张被议论纷纷的脸便挪开了视线。

同伴说的果然是罗卓薇。

那时候大一开学不久，专业足足分出了三个班，大部分人是对不上同专业的同学名字的，唯独罗卓薇让人过目不忘——并非芳名悦耳，而是她的脸太让人印象深刻，只需一眼就能让人记住。

"她很好看。"我拍了拍同伴的背，希望他赶紧收回快要粘到人家背上的目光，"人家不缺男生喜欢，你收敛一点儿。"

事实证明，罗卓薇真的很受男生欢迎。

在现在这种电子通信工具无比强大的环境下，她的储物柜里永远会有几封一看就是手写的信件，写信的人用歪歪扭扭的字把她约在学校里各种各样的地方告白。她住的那栋宿舍楼底下更是热闹非凡，雄性生物们奇招百出，只为换得她一眼关注。

本专业的男生更是本着"肥水不流外人田"的想法严防死守，对罗卓薇一视同仁的态度破罐破摔地感到欣慰不已。

不过，有时候她这种太礼貌的态度也不好，会被当作可以得寸进尺的信号。

"你下次拒收比较好吧？"

我脱下外套，用衣服把罗卓薇那堆乱七八糟的骚扰巧克力包住，打了个结以后提在手上，和她往不远处的垃圾回收处走去。

这个话题可能有点儿突兀，从默许了我帮忙处理这堆破礼物后，一直在沉默的罗卓薇有些没反应过来："什么？"

"这些东西。"我把装在校服兜里的巧克力提起来在她的眼前晃了晃，见不小心从里面掉出一块，赶紧用空着的手捞住。

而且她收下的话，还有一点不好就是——男生很容易自作多情。没说完的半句话被我吞回了肚子里，毕竟我说出来的话就把自己也骂了进去。

"他们直接送到宿舍楼下了，堆着不收的话会给其他人添麻烦的。"罗卓薇没什么表情地回答我，原本自然放松的右手却搭在了左手臂上，隔着衬衫轻轻地掐住了手臂，"还有当面直接给的。"

受欢迎的女生真不容易。我摸摸鼻子，麻利地帮罗卓薇把巧克力都处理好，拍掉外套上沾染的灰尘后，将衣服随意地搭在臂弯上："一起回学校好像很奇怪，你先走？"

"没关系。"罗卓薇犹豫了一下，"一起走。"

她这一次没有像来时那样隔得远远地跟在我身后。

"臣航，为什么帮我？"

罗卓薇看向我。她的眼睛很漂亮，看人的时候显得专注。这或许算得上我第一次认认真真地观察她的眼睛，平时她并不太喜欢和异性有过多的接触。

她显然是非常明白男生之间是怎么相处的："你不该这样。"

"那我应该怎么样？"她心里面奇怪的负担比我想象中的还要沉重，我有点儿不知所措地抓了抓后脑勺儿的头发，低下头直直地望进她的眼睛，试图用半开玩笑的语气让气氛轻松一点儿，"帮助同学不是一件坏事吧？"

但是这个好像不是正确的答案，罗卓薇听了以后垂下眼，如同咀嚼字眼那般重复了一下："帮助同学……"

她不会觉得我另有企图吧？

姐姐从小到大不讲道理的说教在脑内闪过，我这才慢半拍地反应过来我的做法还有另一种解读的方式，赶紧慌乱地澄清道："真的！我没有其他想法，我只是觉得你看起来……"

罗卓薇笑了。那是我第一次看她笑。

我有点儿尴尬地把因为她的笑容而卡壳了的话小声补充完："我只是觉得你看起来需要有个人来帮你……"

"谢谢你，臣航。"

她也仿佛不习惯在别人的面前这样，很快就止了笑，换成平时那种没什么表情但又看着挺温柔的模样。我从她暖棕色的瞳孔里看到了自己的身影。

"那，请你喝水道谢可不可以？"

与平时从其他男生那里收到的"帮助"有所不同，不是那种被口头描述为"不需要物质回礼"的举手之劳让她感觉到安心。

不知道罗卓薇在思考什么，但她看起来很紧张，于是我笑眯眯地同意了："当然好啊！能被女生请喝水，感觉赚到了。"

"我买的饮料和普通的没有区别。"

"原来不会便宜吗？别人都说超市的老板会给漂亮女生便宜点儿。"

"没有啊，我去买也是正常价的。"

"哈哈哈，看不出罗卓薇你还挺会开玩笑的。"

自动售货机的取货口处传来"咚"的一声，臣航弯下腰把两瓶矿泉水取出来，直接拧开一瓶，递到罗卓薇面前："给。"

罗卓薇说了一声"谢谢"，接过水，小口地喝了一两口后，便低着头把瓶盖拧上，气氛一时之间有点儿尴尬。

和旁边那些看起来气氛很好、聊得很不错的情侣相比，臣航和罗卓薇看起来实在是青涩，没话说的时候都在静静地看着水池里的鱼游来游去。

其实她也没有在看鱼。

罗卓薇佯装认真地看着一条鳐鱼从她的面前游过，目光却淡淡地落在玻璃板浅浅的倒影上。

臣航的侧脸映在玻璃上，看起来有些许不真实，他从气质到长相看起来都像小狗，垂着睫毛不作声的样子让罗卓薇莫名其妙地察觉到一种奇异的悸动。

我该说点儿什么呢？

快把正在挖沙子的清道夫盯穿的臣航也在思考同样的问题。

他们周围，三三两两围在一起看鱼的情侣都在片刻不停地闲聊，似乎有说不完的话。他和罗卓薇则是没什么话地看着那些漂亮的鱼游来游去，对话的长度说不定还没有英语模拟考里面的听力原文来得长。

明明在班上的话，他和罗卓薇倒是能非常自然地交谈。

罗卓薇翻开了进馆前取的介绍手册，一边仰着脸按照手册上的介绍，在巨大无比的水池里寻找着鲸鲨，一边努力回忆着自己在跟臣航交往之前到底是怎么和他自然地说话的。

隔着玻璃板的人工海水平静又温柔，从底下仰望巨大的人工水箱的水面，也让人恍惚有种置身深海的错觉。水族馆里的灯光总是昏暗的，只有水箱发出淡淡的光，里面正在游动的鱼群仿佛也在闪着光。

不远处，巨大的鲸鲨缓缓地游弋。

"臣航，鲸鲨。"他们一直在寻找的鲸鲨终于朝着他俩所在的这个方向游来，罗卓薇抬眼轻轻叫臣航的名字，下意识地拉住他的手臂示意他去看。

臣航正好也注意到那个慢慢游过来的巨大影子，条件反射地低下头看向罗卓薇，她的眼睛在水箱玻璃的反光下看起来亮亮的。他像小狗一样垂着眼睛轻快地说道："啊，鲸鲨游过来了。"

太近了……目光撞上彼此的瞬间，臣航和罗卓薇都一愣。

鲸鲨慢吞吞地从两个人的身侧游过，惹得沙丁鱼群"呼啦"一下散开又聚拢，呼吸声静静地在二人之间流淌。鱼鳍滑过水波，巨型的鲸鲨投下淡淡的阴影，但现在反而没人在意那条被寻找了大半天的庞大鲨鱼。

臣航有些手足无措，看着罗卓薇凑得极近的脸，之前恶补到脑子里的各种约会知识在这种情况下一条都想不起来，只要被那双像琥珀一般的眼睛看着，他就会觉得紧张。

偏偏她似乎忘了松手。漂亮的手指没有怎么用力地扶在他的手臂上，可那种被触碰的感觉难以形容，哪怕隔着一层衣服的布料，都让人不知如何是好。

他绞尽脑汁地拼命思考着林昊渊遇到这种情况时会说点儿什么，绝望地发现自己这个从小玩到大的朋友一直是那种下手很快的人，这种情况应该会直接趁着气氛对女生亲下去吧……

臣航听到自己有点儿磕磕巴巴地开口："罗卓薇，你……你刚才看到了吗？"

"没注意看，现在游到另一边了。"罗卓薇微笑起来，自然地松开了扶着臣航衣袖的手指，但没有彻底松开，而是稍稍向下滑，柔软的葱白色手指稍稍握住了他的指尖。

她看着他："我们去那边看可以吗？"

罗卓薇感觉到握住的手指略微一僵，但她很有耐心，安静地等着，等臣航的目光从彼此的手指重新回到她的脸上。

"嗯，走吧。"就在罗卓薇以为会看到臣航整张脸都烧起来时，他反握住了她的手，温热干燥的掌心与她的掌心相贴，拉起她往鲸鲨游去的方向走去。

他握得好紧。

罗卓薇忍不住笑起来，跟在臣航身边，看他有点儿不敢看自己的侧脸："你是不是脸红了？"

"没……没有啦……你看错了！"

水族馆的外场是一个阶梯状的回环广场，鲸鲨雕塑喷泉被层层增高的台阶围在中间，循环的水源源不断地涌出，水中的灯被做成了水母的纹样，像是把巨大的水箱搬到了陆地上。

天色已晚，我和罗卓薇不知不觉已经在水族馆里待了一整个下午。初次约会不宜太晚，再加上罗卓薇家有门禁，我得在8点之前把她送到花店的门口。

方才在水箱前牵起的手一直紧紧握着，没有松开，我拉着罗卓薇走到回环广场的边界，等待6点整的烟火表演。

烟火演出是水族馆结束营业前的特色，此时广场的内环已经人头攒动，游客们黑压压地挤在台阶上，一起仰着头，朝着鲸鲨喷泉的方向望去。

第一次约会结束后带着她去看烟火，这是不是有点儿太俗了？我焦虑于这个决定，不由得悄悄用余光瞥了一眼身旁的罗卓薇的脸。

幸好……她看起来相当期待，暖棕色的眼睛亮亮的，专注地盯着喷泉的方向。

我伸手虚护着她的肩膀，避免她被拥挤的游客流冲撞。

她顺势拉着我的胳膊，淡淡的香气传来，心房里那头始终安抚不下来的小鹿一直活蹦乱跳，我努力控制住表情，试图表现得若无其事，还是把心里的话问出了口："看烟花会不会觉得太俗气了？"

"不会，我很喜欢。"

前面抢到了好位置的游客在大声地倒计时，有些嘈杂，我没听清罗卓薇的话，不由得皱着眉弯下腰，试图靠得她更近一些："什么？我没听清。"

"我说——不会。"她看出我的意图，顺势踮起脚，原本挽着我胳膊的手松开，附到了我的耳边，微微弯成一个小喇叭的样子。

她不再看喷泉，而是看我，吐息轻轻地擦过我的耳郭："我很喜欢。"

她很喜欢……

"喜欢烟花是吧……"耳朵迅速热了起来，我无措又无奈地与她对视，发现自己根本舍不得把目光从她的脸上挪开，"我也挺喜欢的……"

从某种意义上来说，我在答非所问。

罗卓薇眯起眼睛微笑起来："已经错过看鲸鲨了，再这样下去，说不定也会错过看烟花。"

游客们兴奋的倒计时正好到"一"，一刹那，漫天的烟火在广场上空炸开。明明灭灭的花火燃烧闪烁，我清晰地看到她的眼中映出的不断绽放的绚烂色彩，以及她的瞳孔里映出的我。

"这次不会错过。"我听到我的声音如此说道。

因为我已在你的眼里看到。

番　外　才不是宠物情人

虽然这么说很突然，但是他莫名其妙地变成狗了。

今天睁开眼的时候总感觉能看到的视野低得可怕，臣航疑惑地起身，随后一个踉跄从纸箱子里摔了出去。

怎么回事？他的四肢这是突然退化了，要重新驯服吗？

传入他耳内的痛呼声是类似于"呜汪"的叫声，他呆滞地看着自己雪白的、毛茸茸的前爪，随后回过头盯着方才自己置身的纸箱——上面写着"请养我吧"四个大字。

嗯，是这样啊，他不仅变成狗了，还变成流浪狗了……

什么"是这样啊"？这下学校和家里该怎么办？

不知道是不是小狗天生乐观的心态影响了他的大脑，明明臣航心里还在慌乱地为这种从人变狗的灵异事件该怎么解决而焦虑，但是心情微妙地很轻松，甚至还走神儿想了想接下来该怎么吃饭。

总之，他先回到纸箱里吧。

他抬起肉垫，灵活地跃回了破破烂烂的纸箱里，蓬松的尾巴摇摇晃晃，静候一个有缘人把他捡回家暂时收留。

他等来的有缘人是罗卓薇——他的同班同学，也是昨天收下林昊渊的贿赂后，他要去努力当军师服务的当事人。

凛然不可侵犯的"高岭之花"就连私底下也不会露出过多活泼的神情，她的眼神很平静，被头发遮去了大半的耳朵里塞着无线蓝牙耳机，这副略显清冷的模样让臣航想起自己目睹她丢弃情人节收到的巧克力的场景。

怎么办，一会儿她走过来时他到底要不要出声？

算了算了，臣航心下滴汗，祈祷罗卓薇最好是那种比较喜欢小动物的女生，不然他也不知道还能不能等来第二个路过这里的熟人。

这具给他带来全新体验的身躯大概还是只没足十个月的幼犬。臣航努力地抬起眼，用小爪子扒拉着纸箱的边缘，艰难地露出毛茸茸的脑袋，热情洋溢地冲罗卓薇摇起了尾巴，试图引起她的注意。

"狗？"

太好了，她看过来了。

就是不知道她会怎么做……嗯，哪怕她无视的话也能理解，捡小动物是很麻烦的事。臣航盯着罗卓薇的脸思考着，头顶竖起的耳朵时不时地抖动一下。

这番动静果然惹得原本正在低头看单词本的漂亮女生抬起头，四处张望了一下，目光很快便落到了角落里的一个破纸箱上。

看起来就像一团云朵的小狗支棱着超可爱的三角尖耳，黑漆漆的眼珠子闪闪发亮地盯着她。

她迟疑道："萨……摩耶？"

"汪！"你说是的话就应该是吧。

对上她的视线，小狗像是肯定她的话那般从纸箱里跳出，踩着肉垫轻快地来到她跟前。

与那些分外亲人活泼的狗不同，这条看起来被遗弃了的萨摩耶幼犬并没有跳起来扑她的意思，而是保持着这个亲昵的距离，绕着她的大腿转了一圈，随后歪着头冲她摇摇尾巴，像是等她做出决定。

"怎么会被丢在这里？"罗卓薇拢着裙子，屈膝半蹲着跟他平视，试探性地伸出手，小心地摸了摸他毛茸茸的脑壳，语气有些为难，"家里人应该不准我养狗。"

果然她就连皱眉也很漂亮。臣航单纯地感叹了一下，见罗卓薇好像很喜欢摸自己毛茸茸的立耳，便温顺地把头降得更低了些许，甩起来的尾巴像上了发条的玩具。

"汪！"没关系没关系，家人不准养的话你不用硬把我带回去。

只不过作为人类的罗卓薇同学自然是听不懂狗语，只当他小声的"汪"是饿了的意思，犹豫再三，最终还是解开了衬衫领口上系着的绸缎蝴蝶结，捏着两头，抬手环住他犬毛蓬松的脖颈。

"你是大型犬的话，我就抱不动你了。"相较于面对爱慕她的那些同龄男生，罗卓薇对待小动物的态度显然要更加温柔，她耐心地用领带给他系了个临时的项圈，"用这个是为了你和我都好……你真乖，没有挣扎，好孩子。"

被同班同学用诱哄一般的语气夸"好孩子"的感觉非常奇妙，幸好狗脸看不出脸红，不然臣航觉得自己一定会在罗卓薇面前语无伦次。

果然很善良啊……罗卓薇。臣航乖乖地跟在她的身后，肉垫在水泥路上发出"嗒嗒"的响声。

她走得很慢，紧紧地拉着手里的领带的另一端。臣航抬眼瞥向她的侧脸，她向来抿着的唇此时含着很淡的笑意，唇角微微上翘。像是感受到被小狗认真注视的灼热视线，她低下头来，轻轻地拍了拍他的背。

"我家开着花店。"她知道小狗听不懂人类的话，却还是认认真真地解释道，"别担心，在找到愿意养你的主人之前，你都可以待在店里。"

在他找到办法变回人之前，就这么办吧。

"汪！"

（完）

REFLECTING 镜中人 FROM YOU

她期待的，从来不是王子的救援。

1.　遭　遇

裕然今天醒来的时候难得觉得头痛。

他像是宿醉醒来，被昏沉感占据，太阳穴酸胀难忍、突突直跳，整个脑袋仿佛遭受过棍棒的袭击，被毫不犹豫地开了瓢，平日里该有的清醒顺着豁口流走。

他维持着这种思绪游离的状态来到公司，堆积如山的文件和不断弹出的未读邮件反倒让他终于有了几分重新脚踏实地的安心感。

难道是他昨晚回了趟本家吃晚饭的后遗症？毕竟那个家让人头疼的本事十年如一日。

钝痛和困意还存留在大脑里，裕然捏了捏鼻梁，点开工作群发了一条请全公司员工喝咖啡的消息。群里面立刻刷出了清一色的"谢谢老板，老板大气"，打断这条接龙的是他的秘书尽职尽责的点单统计。

裕然没回。他在这方面好养活，基本不挑剔。秘书逢时在他身边任职也有一段日子了，对于他的好伺候也算是有几分了解，往常都是无声无息地把咖啡送到。

于是发完了消息的裕然便重新投入工作中。

今天大概是错开了其他公司团餐的时间点，咖啡外卖的效率奇高，裕然听到敲门声也不过是差不多二十分钟后。

他没抬头，说了声"进"。

他的办公室里铺了一层地毯，但仍然隔绝不了高跟鞋踏上去的闷响。

高跟鞋？

其他人见他都会先经过总秘办公室，秘书逢时是男人，而最近的项目负责人同样也是个男人。这是哪个想借花献佛的女人？

"您的咖啡，放在您右手边了。小心烫。"一听就是柔弱温婉的声音。

裕然皱眉，抬头时带了一两分不悦，没想到对方正无知无觉地弯下腰往他桌上放咖啡。于是先进入他的视线的是对方别在胸前的工牌——

总秘，焦有有。

焦有有？

谁？

裕然顿了一拍，视线聚焦到了她的脸上——不怎么美艳，算是清秀，下垂的眼角让整张脸都看起来可怜巴巴的。

感知到上司视线的秘书看起来好像被吓了一跳，强装镇定地微微点头，随后转身出门，看起来就像被猎食者盯上后落荒而逃的可怜的食草小动物。

有那么一个瞬间，裕然怀疑自己还没睡醒。

逢时搭上他哥以后这么快就卷铺盖滚蛋了？人事那边换人也不和他这个当事人说一下吗？他们胆子这么大，当他死了？

他掏出手机开始划拉通讯录，找到备注是"逢时"的那一栏拨了过去，其间还不忘喝一口方才那个莫名其妙很怕他的新总秘拿过来的咖啡。尝了一口后，他发现杯子里的居然是拿铁，瞥一眼贴在隔热纸上的标签——一倍糖浆。

这女人干得比逢时强多了，上班第一天就知道他嗜甜。逢时那个脑子里塞满了钱的家伙大概现在都不知道他的口味，裕然冷笑着听手机里的拨号音。

电话接通，一声听起来胆怯的"您好"未落，对面的人便被裕然劈头盖脸地冷嘲热讽："逢时，你没蠢到觉得傍上了我哥就能安心辞职，吃喝不愁吧？还有点儿脑子的话滚回到你的位置上，做好你的工作。"

话没说完，手机里便传来了一声明显是被他的突然爆发吓得哽咽的颤音，带着一点点鼻音从听筒中传出来："总……总裁……今天预约见您的人里面没有'逢时'这个名字……您是要找谁吗？"

是刚才那个一脸倒霉相的女人的声音。

对方听不到他的回应，语气里的恐慌和无助暴增。

"没事，你接着工作，我打错了。"裕然沉默了一两秒后扔下这句话，挂了电话。

什么东西？

裕然皱着眉看了一眼手机屏幕，上面显示刚才的通话人是逢时没错。

这种超自然的情况看起来并不是恶作剧，先不说那群在他手底下讨饭吃的下属怎么敢对上司开这种玩笑——那个看起来浑身上下散发出倒霉气息的秘书多看一眼他阴沉的脸色好像都会被吓死。

裕然随手翻了一下通讯录和工作群里的消息———一切如常，不一样的只有他的秘书。

怪事。

他顺手把通讯录里的备注改掉，在相同的号码上录入焦有有的名字。

总裁的低气压席卷公司上下，所有人都眼观鼻，鼻观口，口观心，装作奋发图强的模样，生怕今天就会被赶出公司。

裕然请了下午的半天假杀回家里——不是本家，是只有他一个人的平层公寓。自从成年以后，受不了家里人的裕然就搬了出来，只有偶尔迫不得已才会回到本家露面。

公寓是只属于他的容身之所，一切的布置和装修都要合他的心意。家里有一间一直空闲的客房，藏得比较深，在走廊的拐角。

那姑且可以算是逢时的房间，高中的时候，他和逢时的关系还没有像现在这么僵。逢时那时候家里出了事情，寄人篱下，但被亲戚当皮球踢，走投无路，于是哀求裕然暂时收留自己一段时间。

自从他们的关系变差以后，这个客房就真正地闲置下来了。

其他的地方他都检查过，就剩这里。

当把手放在门把手上时，裕然突然生出一种奇怪的感觉：恶寒从毛孔钻至全身，像是本能告诉他门后藏着未知的威胁。

冥冥之中，第六感告诉他不要知道门后的一切为好。

但男人不相信第六感，尤其是裕然。

门锁的咬合有些差，似乎是经常被开合，导致锁芯有些脱落——他的手还没用力压上去，门便"唰"的一下大开，撞在墙壁上，发出声响。

智能的感应灯一下亮起，整个房间像是感受到游人目光的水族箱，亮起蓝白的幽光。列在裕然瞳孔里的无数游鱼便鲜活了起来，齐刷刷地看向他。

她们都有同一张面孔。

2. 不 满

在灯光下变得惨白的墙面组成四方的、荧蓝色的水箱，密布其上的照片就像是拥挤的沙丁鱼，视线所及全都是同一张女人的面孔——远眺的、忧愁的、困倦的、迷茫的、无知无觉的……这些面孔被一张张尺寸不同的照片框住，各个角度、不同神情，全都是焦有有。她被困于此处，以目光饲养。

所有的她的视线都没有与镜头对上，也就是说，这一屋子照片都是偷拍的产物。

裕然面无表情地环顾了一圈，若有所思。

这个房间的布置很简单，除了有数量庞大的照片，剩下的就是在拐角处有一个三面开的衣帽间以及一张简单的床。床上横放着一张矮桌，上面有一台笔记本电脑。

这衣帽间里面装了什么不能更好懂。

尽管有心理准备，但在拉开衣帽间的门时，裕然仍然没能控制住，嘲讽地笑出声来："品味不怎么好。"

当季的奢侈品和秀场专款将三面开的衣柜塞得满满当当，裕然随手拨了拨，置办这些见不得光的东西的那个人，对女人的审美倒是和他几乎一样。

裕然拎出其中一件——露肩、露背、收腰，有恰到好处的镂空和蜿蜒而下的裙摆。

这就让裕然不由得想起今天那位一脸倒霉相的秘书、被偷拍的受害者小姐——焦有有。

他一眼便知，她肯定不喜欢以及不适合这种衣服。

裕然关上了衣帽间的门，此时房间里还需要查看的便只剩下放在矮桌上的笔记本电脑。

事已至此，哪怕裕然再不愿承认，也不得不面对现在这个超出常人理解能力的现实：他大概是和平行世界里面的自己交换了所处的世界。

顺带一提，这个世界的自己品位奇特。以目前的情况看来，他正变态地迷恋着那位秘书——焦有有。

想到这里，裕然觉得自己的头又痛了起来，目光落在那台烫手山芋一般的笔记本电脑上，正在考虑要不要彻底地查看它。

说句实话，裕然并不是很想打开它，了解里面的内容——整个房间的性质一目了然，倘若不是他突然被换到这个平行世界，估计过不了几个月，焦有有就要穿上那些衣服躺到这张床上了——并且非自愿的可能性为九成以上，想起焦有有看到自己以后战战兢兢的样子，裕然冷笑着在心里补充道。

笔记本电脑果然是用来存档的，大容量的机械硬盘里是满满的照片。除了他刚才见过的，还有一些更私密的——照片里的焦有有穿的是家居服。

恶心。

裕然永久删除了所有存档，随后拔了笔记本电脑的电源，走出房间。他站在门口想了一会儿，落锁以后拔出钥匙，将其丢进储物间的工具箱里。

这满墙的照片处理起来麻烦，他只能暂时眼不见为净。

然而他将这事抛之脑后，一抛就是一个月。

裕然正坐在办公室里看文件，抬起头来揉了揉酸胀的太阳穴，背后巨大的落地窗外已是深夜，本该车水马龙、繁华无比的CBD都变得安静起来，马路上只有几辆孤零零的网约车，还有工作着的路灯。

裕然瞥了一眼办公室外，分格的办公区已经空得差不多了，只有过道附近的吸顶灯还是常亮的状态。

平行世界的自己可算给他留了个堪称恐怖的"惊喜"——工作上的烂摊子一大堆，董事会那边原本被他治得服服帖帖的死老头儿背地里反水，他那废物哥哥还大摇大摆地来看过他一次，话里话外的意思无非就是他那最好早死的爸有意将公司交给更喜欢的可可。

而那个让人在意的倒霉女人，除了工作和他并没有太多的交集。

非要说的话，或许就是她相当会察言观色，不到一周就看得出他有困倦后恶性加班的习惯，于是便在算准了他会小憩一会儿的午间，悄无声息地送来一杯咖啡。

三颗糖——她精准地了解他的嗜好。

焦有有在当秘书这方面的确无可挑剔。

裕然拿起车钥匙，推开隔音的玻璃门，没想到紧挨着的总秘办公室还是亮着灯的。

半透明的玻璃有一定的可见度，瞧见他推开门的动作，他那个一脸倒霉相的女秘书便抱着电脑包跟了上来，在与他对上视线后落后小半步，行走前不忘微微鞠个躬。

"在加班？"裕然难免感到些许错愕，他长得好，有种不近人情的冷淡，导致他皱眉时便不经意地流露出些许难以形容的肃穆来，"我没记错的话，这周的安排你都已经发到我的邮箱里了。"他没有强制下属加班的爱好。

"总裁，您之前说过，最好一切行动都和您同步，方便工作核对。"焦有有回答。

她又不是他的贴身助理，这是方便"他"占便宜吧？

"秘书怎么回家？"裕然移开视线。若不是他不好评价平行世界的自己，以他的性格，讽刺的话早就脱口而出了。末了，还是没忍住，他回过头给这个看起来格外迟钝的倒霉女人提了个醒："以后工作做完了就下班。"

与他对上视线的焦有有似乎愣了愣，不过一个月前的那种战战兢兢已经散去九分，只剩下一点点藏不住的紧张——或者俗称的怕领导。

"地铁。"

"那快到末班车的点了。"裕然顺着她的话抬腕看了一下表，"公司到地铁口步行十五分钟，需要送秘书一段吗？"

"不麻烦总裁，平时我也经常这么走。您加班辛苦了。"意料之中地，焦有有摇头婉拒，下了电梯后在电梯门前和他道别。

裕然也不勉强，随意地应了一声，站在门口看着女人的背影沿着道路一点点消失在视野里，这才转身按电梯，到负二层的停车场取车。

只不过他坐在驾驶座上，点火的时候反而越想越烦躁。

现在将近 23 点，这倒霉女人看起来柔柔弱弱的，十五分钟的路程稍不留意也能出不少命案……

焦有有那个一看就会吃大亏的性格也让人看着恼火，他感觉她被拖到巷子里都不会尖叫一声。

也是，但凡她硬气一些，平行世界的那个窝囊废都不至于有胆子对她抱有这种程度的非分之想。

烦。

原本已经驶向另一个方向的漆黑奥迪猛地掉头，往地铁站的方向驶去。

裕然没有什么炫车的爱好，代步车低调，不然恐怕在八百千米外就会被那倒霉秘书知晓：有辆车正鬼鬼祟祟地和她保持着一个微妙的距离。

但这已经足够让裕然臭着一张脸了。

虽说他是有那么一点点担心焦有有才这么做的，不过这种行为真的让他很不爽——这不是像极了那个连正面追求焦有有都不敢的窝囊废吗？！

3. 暴 雨

这段步行只需要十五分钟的路途今天格外令人煎熬。

车内的时钟报时 23 点整，远远地看到焦有有的身影进入地铁口，鬼鬼祟祟到自我怀疑了大半天的裕然终于松了口气。

他的脑海里不由得浮现出焦有有的脸，她眉宇间永远带着一丝忧愁和不安，让他莫名其妙地觉得烦躁。

打住！喜欢这个倒霉女人的又不是他本人，他现在这么上心是想干什么？

但他真的要抱怨的话，好像又没有到那个程度。焦有有是那种很有眼力见儿的女人，今天他说"以后下班就走"，她听进去的话便会照做。

见不得光的护花使者当也当了，一时半会儿裕然也没有什么回家的心思，索性降下车窗，松开领带，盯着车窗外的夜景下意识地走神儿。

说起来，焦有有给他的感觉有些熟悉，不是"曾经见过的人"的那种熟悉，而是另一种能让人想起记忆深处被遗忘已久的事物的……

一声惊雷唤回了裕然离家出走的思绪。

被乌云笼罩的黑夜骤然变脸，降下暴雨，闪电出现的一瞬，天空亮如白昼，裕然回过神来时，雨水已经斜飞入车里，车的顶部传来一阵"噼里啪啦"的雨声。

裕然"啧"了一声，迅速关窗，准备起步掉头时，一声细细的惊呼却穿过玻璃钻入他的耳中。

看来是没赶上末班车啊，焦有有。

后视镜里，他那倒霉到家的秘书手足无措地站在地铁口，一边似乎在用手机拨打着什么号码，一边皱着眉左顾右盼，大约是在寻找出租车。

雨水很急，于是用一只手护着电脑包的她只能躬下腰，把包纳入怀中。裹挟着暴雨的风不解人情，如数浇在单薄的西服和包臀裙上，于是那些本应不为人知的曲线便在雨中无所遁形。

真是看不下去了……裕然面无表情地按响了喇叭。

只不过焦有有看起来迟钝得让人生疑，指向性如此明显的鸣笛声没能引起她的注意，裕然只能解开安全带，推开车门，冲入雨中来到她的面前，在焦有有难掩惊讶的眼神中将她推进了车后座。

淋成了落汤鸡的焦有有裹着裕然的西装外套，哪怕接受了好意，看起来也是坐立难安的："总裁，这太麻烦……"

"地址。后排有纸巾，可以擦一下。"被迫也淋了雨的裕然干脆地打断她，不想听她客客气气地说废话。

"北冬街 280 号。"焦有有报了地址，拿过纸巾盒，道了声谢后垂下眼，安安静静地用纸巾吸走衬衫上多余的水分。

裕然在手机上输入地址，刚打出"北"字，智能搜索便弹出了联想结果，最上面一行的结果就是"北冬街 280 号"，显示为历史搜索地点。

看吧，他这个秘书被他称为倒霉女人是有原因的。

裕然瞥了一眼后视镜，焦有有无知无觉，真不知道该说是福是祸。他记性很好地回想起了一个月前在那个变态小黑屋里见到的照片，在开始导航前点了清空搜索记录。

到焦有有租住的公寓开车耗时接近半个小时，一路上二人彼此无话，焦有有规规矩矩地看向窗外，丝毫没有哪怕多一分逾矩的打量。

雨也在这算不得长也算不得短的路程中渐停。

"到了。"车开到在小区的入口就恰到好处地停了下来，裕然没有冒昧地探究她具体住在哪一栋。

话音刚落，他从后视镜里注意到一路神经紧绷的女人显然是松懈了下来，眼神中藏得很好的防备卸下一两分。

她还不算蠢到家嘛……拉起手刹，他漫不经心地想着。

放在车内的纸巾吸不了多少水，被淋得头发都贴在脸上的狼狈女人下了车，但没有急着走，站在车窗外，弯下腰跟车内驾驶座上略微走神儿的上司道谢。

"谢谢总裁。"焦有有说话细声细气，和她的性格相当贴合，给人优柔寡断的感觉，"麻烦您这么远跑一趟了。"

未干的发凌乱地贴在她的额头上，水珠顺着鼻尖滑下，她下意识地眨了眨眼，目光落在还有湿痕的车后座上："洗车费到时候我转给您。"

随后，裕然随手塞到副驾驶上的西装外套让她想起来什么，她脸一红，看得出来有些尴尬和窘迫："西服……您要不给我，我拿去干洗店吧？"

"不用。"他只是抽空送一趟自己的秘书罢了，不过直接说不用给也并不妥当，西装就更不应该让她过意不去，而且这东西放在异性下属的手头还容易说不清。

他抬眼看向她："我会让财务直接从你下个月的工资里面扣。"

这是谎言，但是这个倒霉女人应该会放心地当真了。

焦有有确实如他所料一般表现出安心的样子。

她有些犹豫地看了看同样也被淋湿了的他——抓好的发型有点儿塌，但无损这张脸的英俊。

焦有有似乎想说些什么，但最终还是咽下了多余的话语，再次道谢："那我回家了，谢谢总裁。"

正确的选择，但她前面这段踌躇的表现让人在意。

裕然很早就学会了看人，再加上焦有有不难懂，员工背调再加上她这个性格，这个倒霉秘书心里面在想什么，裕然能猜到八成。

上司冒着雨将她送回家，就瓦解了几分她的警惕心。她很善良，但心软成这样的女人很容易吃亏，让他看着觉得莫名其妙地火大。

踩着高跟鞋的脚步声越来越远，焦有有的背影看起来太单薄了，还没干透的衬衫贴在她的脊背上，内衣的轮廓在昏黄的灯光下仍然有些显眼。

裕然收回目光，原本立刻离开的想法还是打消了。出于上司对下属的关怀，他打算好人做到底，这样的焦有有在回到家之前都很难让人放心。

他还搁在方向盘上的右手下意识地屈指，以一种习惯性的频率敲着被皮革包住的方向盘。

正好他还有一些事情没想明白。

"裕然！"大概过去了十分钟，升上去的车窗被敲了敲，伴随一声呼唤。

裕然回过神来，有些错愕，透过贴了单向膜的车窗看到的是他那去而复返的倒霉秘书——焦有有换了一身很朴素的衣服，手上拿了一条干毛巾。

"总裁……我刚才叫您，您没听到，才喊了您的名字。"她意识到了失言，把毛巾递进来的时候有些紧张，但是对上他的视线时总算不战战兢兢的了，"您擦一下？"

她的行为逻辑简单得离谱——浸了水的西服不好干，车上的空调也容易让人感冒。她大概是想到了这一点，才会匆匆拿着毛巾下来碰碰运气。

他刚才说什么来着？他猜焦有有很容易吃亏，现在看来确实如此。

裕然没什么表情地接过毛巾，不是很在意她的称呼："我们同岁，不在公司时叫名字也没什么。"

他只是随意拭掉了身上尚未干透的雨水，就把毛巾扔回女人的怀里，不再以职位称呼她为"秘书"："焦有有，问你个问题——我应该不是第一次送你过来。"他用了肯定句。

焦有有只能在他的目光中僵硬地点头，甚至无暇去问这种事情为什么他本人不记得，还要从她口中求证。

"您之前……有一天……送过我一次。"这个事实对于焦有有来说似乎有些难以启齿，她含糊地忽略掉了大部分的细节，只陈述了一个干巴巴的事实。

"我当时有要求上楼坐坐吗？"

不知道裕然是否清楚自己拥有一张让人很难拒绝的面孔。他就这么降下车窗，探出身子和她说话，语气听着无所谓，目光却笔直地落在了她的脸上。

这个问题界限不明，对于成年男女来说暧昧，对于上下级来说算骚扰，但于此时的焦有有和裕然而言又显得有一两分尴尬和怪异。

原因无他，裕然的神情无波无澜，仿佛他只是随口问了一句今天的天气怎么样。

焦有有捏紧了手，险些要把虎口掐出一道印子："没有，您把我送到楼下就离开了。"

这个答案似乎是裕然想要听到的，他似笑非笑地说了一句"那就好"，随后勾勾手指，示意她靠过来一些。

焦有有弯下腰凑近了车窗。

"秘书，作为上司的友情提示：想上你家坐一坐的男人，建议你告他性骚扰。"因为她听话靠近的行为，方才还笑着的英俊上司一秒拉下脸，神情算得上凶恶，"也别犯蠢让他送你到楼下。"

4. 幸与不幸

焦有有处于幸运与不幸之间。

她是幸运的。作为女性，她出生在一个不够富裕但衣食无忧的家庭，平平顺顺地长大，在毕业后找到了一份比平均工资高出许多的稳定工作，并且安稳地做到了现在的年纪。

她同时也是不幸的。保她衣食无忧的小家是一座划分了阶级的金字塔，顶上是哥哥，底下是她，她的高薪在父母的恩威并施下被拿出了不小的部分，作为哥哥买房娶妻的"砖瓦"。

总裁秘书的工作比表面上看起来困难许多，毫无背景的她仰仗异性上司游走在人情交往间，如履薄冰。

在幸与不幸的钢索之上行走的焦有有竭力地维持着平衡。

然而这条钢索的彼端落在她的上司手上。

异性的界限让她不得不承受压力。平心而论，上司确实对她多有照顾，甚至到了让她觉得有些为难的地步。

他看似委婉的好感其实表现得很明显，焦有有不至于没眼色到迟钝的地步，但不得不忍耐着，装聋作哑。可父母不知从何处得知她的上司是英俊有钱的公子哥儿，便在她偶尔回家时明里暗里地在餐桌上让她抓紧机会试一试。

不是这样的，她总是这么说。然而真话解释一千遍会变成掩饰的谎言，没有人相信。

她并不迟钝，怎么可能察觉不到直属上司逾矩的示好？

黏在她身后的目光、真假难辨的话语、看似体贴实则不容许她拒绝的触碰……可是她没有丢掉这份工作的勇气，也没有能够硬气地拒绝他的背景，在一切的行为没有彻底触及令她崩溃的底线前，她都只能忍耐。

午休的时候，焦有有接到了母亲的电话。

办公间拐角的公共露天区很宽敞，但焦有有还是下意识地选择了靠近角落的位置，左手扶着围栏。

"妈……"

"有有啊，没在上班吧？"电话刚一接通，她便听到了母亲中气十足的声音。

"没，还在午休。"焦有有知道母亲不会在自己工作的时间打电话来，掐着午休的点一定是有事，只不过往往是她不太想听的事情。

她垂下眼，无意识地收紧手指，握紧了露台的栏杆："妈，怎么了？"

"小事，你哥的一点儿小事。"母亲说是小事，可和哥哥相关的又何时是小事？

"上次你哥带回来的小妮子还记得吗？这段时间你忙，没来得及和你说，你哥老大不小的，耽搁这么久，这次可算是把这大事定下来了。"母亲说话像埋怨，但语气里的欣慰藏不住。

焦有有愣了愣，也扬起了些许笑意，附和母亲的话："哥要结婚了吗？那……"

"有有啊。"母亲原本略快的语速缓了下来。

焦有有的笑意凝固了。她熟悉这种被呼唤名字的方式，长大以后每次母亲这么叫她，都代表着"有话要说"，且不容商量。

"你哥的彩礼钱，妈想让你这边也帮忙贴一部分。"

像是没有注意到女儿只余呼吸声的静默，电话那头的母亲试着让自己的话听起来更为通情达理："妈不是让你白贴，等你哥那边小两口儿的日子有起色了，让你哥带辆车还你好不好？到时候你开车上班也不那么辛苦。"

"妈……"焦有有张了张嘴，却不知道从何说起已经冷到心里去的那股寒意。

她上个月刚和母亲说过想要买房，名额那么紧，她这几年咬牙工作存下来的钱终于能让她在寸土寸金的首都站稳脚跟。

母亲夸奖她能干，却终究没把她的为难和苦楚放在心里过。

"妈知道，你从小就比你哥强多了。这回就当妈求你的，照顾照顾哥哥。"

除了她自己，没有人在乎为什么是年长的哥哥要被妹妹照顾。

因为是家人，因为是哥哥，因为除去这些细微的偏颇，她并非没有感受过来自家里的温情，所以焦有有让步了九十九次。

每一次被放上比较的天平，她终究是较轻的那一个砝码。这不过是又一次衡量——衡量那永恒存在的、轻微的偏颇。

可凭什么存在这种偏颇？

一滴水在漆黑的栏杆上晕开，风一吹过，她的脸侧传来湿润冰冷的刺痛感。焦有有挂了电话，抬起手抚过眼角，才发现自己不知何时泪流满面。

只不过她现在甚至连流泪的资格都没有。公司里人多眼杂，任何风吹草动都容易引起流言蜚语。

焦有有用纸巾按干了眼下的泪，走到偏远的盥洗室里补妆。

自动感应的水龙头"哗哗"地流水，冰冷感让她终于平静了下来。空气清新剂的气味有些浓郁，焦有有吐出一口气，抬头，镜前的光将她微红未消的眼眶照得清清楚楚，粉饼重新遮盖上去的痕迹并不自然，只要有人仔细看，就能看出她哭过。

镜子中的自己看久了会变得陌生，这话确实没错。偶尔，焦有有在照镜子时，也会对着镜中故作坚强的自己苦笑：这真的是我吗？

她想起学生时代看过的奇幻小说，说镜中的其实不是自己本身，而是平行世界的自己。

焦有有被自己突如其来的想法逗笑，在心底叹息一声，却仍然下意识地试着抿了抿嘴唇。镜面如实地映出她的动作、神态，连同她湿润的眼睛。

如果真的存在一个平行世界，那她希望镜中的自己，与她不再相似。

5. 独角戏

"秘书，作为上司的友情提示：想上你家坐一坐的男人，建议你告他性骚扰。"

落下车窗，这么笑着和她说话的正是她之前不得不忍耐的顶头上司。

裕家的公子哥儿是真的长得很好，而这个月和她熟悉起来的裕然更甚。相较于之前总是舒展开的、看谁都深情的眉眼，现在的他的眉像是天生压得更低些，他没表情时看着容易让人疑心他在不耐烦。他抬眼看她的神态让她无端想起了雪豹，还是懒洋洋地挂在悬崖边上对她摇了摇尾巴的那种。

这话不好回，幸好裕然也并不需要她回复什么好话。

裕然瞥了一眼沉默的她，突然想起了什么似的，轻描淡写道："对了，有空的话换个房子吧，越快越好。"

焦有有微微一怔。

"你现在住的地方距离公司太远了。我有急事找你的时候，不想听到我的秘书说还要打车半个小时过来，太没效率。"她的反应好像在裕然的意料之内，他抬眼看她，补充了一句，"钱的话公司出，你就当作住房补贴吧。"

"好的……我明白了，总裁。"

这番雷厉风行的敲定完全就是这个月来裕然的工作作风，麻利的会心一击直接捶得焦有有只能点头说"好"。

裕然很满意她识时务，一直压低的眉峰舒展开来："那就这么决定了，没事我先走了。焦有有，周末快乐。"裕然用的仍然是刚才那种仿佛闲谈的平淡口吻。

焦有有轻轻地点了点头："您也是。"

她目送那辆漆黑的奥迪车利索地开出小区，转身拿着毛巾往自己在的单元走去。她下意识地呼出一口气，一直紧绷的神经突然放松，肺里面一直压着的一股浊气终于被吐了出来。

他怎么能演都不屑于演呢？焦有有垂下眼睑，一时也说不出心里这股卸下重担的感觉究竟是源于何种情感。

有其他人发现吗，抑或是发现的只有她自己？

焦有有是很有眼力见儿的女人。毫无背景的她做到总秘这个位置，背地里不知道被嚼了多少舌根，但她擅长察言观色，让那些口蜜腹剑、两面三刀的人都被挡在她看起来怯懦安静的外壳之下。

时间回到一个月前。

裕然在群里发了要请全公司喝咖啡的消息——连带他自己的。

他之前并非不会请下属喝咖啡，只是从来不会自己也要一份。向来只喝她亲自做的手冲咖啡的顶头上司如同短暂失忆，忘记了专属茶水间里还摆着因为他的私心而特别添置的咖啡机。

焦有有虽有疑惑，但是照做，按照熟知的口味点了一杯黑美式。

但那或许确实是产生了很多失误的一个下午，她在一张闲置的办公桌上整齐地摆好一杯杯咖啡，贴上标签，在群里发了可以来领的消息以后，捎上自己和裕然的两杯走进办公室。

结果她在半路正好碰到最近在对接的项目的负责人，简单地聊过几句，焦有有顺手拿上了要给裕然签字的文件。

"您的咖啡，放在您右手边了，小心烫。"办公室里很安静，她放轻了声音提醒道。

两只手都被咖啡占据，她放下属于上司的那一杯之后，顺带把要签字的项目文件也放到了桌子上。

一向都会在她进来时温声叫她"有有"的英俊上司今天似乎有些反常，安静无声，目不转睛，"嗯"了一声权当道谢，目光还落在电脑屏幕上。一直以来都被抓开作三七分的头发今天也有所不同，看得出是用很随意的手法梳了个放了刘海儿的半狼奔头，被放下来的前发偏长，细碎地遮住了他的右眉骨。

这种微妙的不对劲让焦有有下意识地多看了几眼，没想到正好和皱着眉抬眼的裕然对上视线。

焦有有的瞳孔在那个瞬间小幅度地放大，她猝不及防地被吓了一跳，怔了怔以后连忙点了点头致意，赶紧退了出去。

是她的错觉吗？

焦有有心事重重地回到隔壁的办公间坐下，抿了一口手中的咖啡。

咖啡豆带有的酸味涌上味蕾，她猛然回过神来，将手里的隔热杯转到贴有标签的那一面——是黑美式。

也就是说，现在裕然手里的那杯咖啡是她的，是加了一倍糖浆的拿铁。

然而她的上司并不嗜甜。

她鲜少出这种错——刚才那一刻裕然的反常实在是让她太过动摇。

焦有有连忙起身，打算去道歉和替换掉咖啡，放在办公桌上的手机却振动了起来。

来电显示是她的上司，裕然。

焦有有接通了。

"逢时，你没蠢到觉得傍上了我哥就能安心辞职，吃喝不愁吧？还有点儿脑子的话，滚回到你的位置上，做好你的工作。"

她第一次听到裕然用这种语气说话，漫不经心，冷嘲热讽。他在念人名字的时候，那种天生自带的轻佻感还跟平常一样，但与往常她听过的不同的是，他的咬字格外认真，听起来并不讨人厌——比故作深情地叫她"有有"要来得让人安心。

"总……总裁……"焦有有垂下眼，右手握着手机贴在耳边，托住手肘的左手无意识地越攥越紧——她有紧张或者思考时会掐着什么的习惯。

"今天预约见您的人里面没有'逢时'这个名字……您是要找谁吗？"

话音刚落，对面的人很明显陷入了短路的状态。

一秒，两秒……焦有有在心里数着秒，试图让自己冷静，可她越来越不稳的呼吸声从话筒里传了过去。

对面的人大概是察觉到了。

"没事，你接着工作，我打错了。"他说道，恢复成某种交代工作的口吻，听起来颇有点儿安抚的意思。

焦有有听到自己颤抖的声音如同条件反射般从嗓子里冒出来："您辛苦了。"

通话结束，她放下手机，坐回座位上处理工作。

手肘处传来隐隐的痛意，焦有有拉起衬衫的袖子，肘部薄薄的皮肤上留下了几道浅浅的指甲印。

下班前，她拿着日程表去问总裁的安排，离开前不经意地低下头，留意了一下总裁办公室里面的垃圾篓。

装着咖啡的隔热纸杯倒扣在篓底，堆积其下的纸类垃圾洁白干燥，没有任何水渍——咖啡显然是被喝完了。

第二天，她在平常会去送咖啡的时间点敲了敲办公室的门，往裕然伸手就能拿到的位置放上了一杯咖啡，杯柄朝他。

她在茶水间冲咖啡时想了很久，最后根据自己能够接受的口味，用镊子取出三颗方糖。

如果他问了为什么这么做的话，如果他再一次回到会在无人时唤她"有有"的原点的话……

而裕然什么也没有说。

他叫她"秘书""焦秘书"，偶尔连名带姓地叫她"焦有有"，唯独没叫过"有有"。

家中的顶灯被"啪"地打开，刺眼的亮度让她方才适应了昏暗路灯的眼睛渗出了生理性的泪水，这种酸涩感将淋湿了的焦有有拉回现实。

一个月说长不长，说短不短，长到足够她熟悉一个人，短到不足以衡量交付信任的天平该倾向何方。

她走进浴室，脱下为了下楼送毛巾而随意穿上的外套。

夏季闷热，刚才不足十分钟的对话便让她出了汗。贴身的 T 恤紧紧地贴在她身上，勾勒出内衣的轮廓，脖颈上流下的汗水濡湿了她胸前的一小片布料，形成一个小小的、容易引起异性遐想的旋涡。

焦有有蓦然想起裕然在雨中拉住她时的脸。

雨雾很大，她那时正眯着眼努力辨认眼前鸣笛的车辆，估摸着是见她没反应，驾驶座上的人气势汹汹地推开了车门，迈进雨里，三步并作两步地走到她跟前，扯住了她的手腕就往车后座上带。

半狼奔头在雨水的冲刷下塌了不少，裕然力气有点儿大地往脑后抓了一把，将她塞上车后座后，用这么一张脸居高临下地看着她。

那个瞬间焦有有瑟缩了一瞬，异性不容拒绝的气息扑面而来，让她想起很多不堪的又不能拒绝的触碰。她身体的保护机制让她闭眼，而下一秒，她的视线就被裕然脱下来的西装外套盖住。

"穿上。"他的语气不怎么好，但行为非常绅士、体贴。

淋浴头冲下来阵阵温水，水蒸气弥漫。热水流过身体的感觉舒适得让人安心，在寒冷时会让人产生回到母胎的错觉，有种轻飘飘的安全感。

焦有有掬了一捧水在掌心里，随后闭着眼浇到脸上。

她又想起自己报地址时瞥到的历史搜索记录，后怕和凉意涌上心头，连带着脸颊都微微泛冷。

热水覆过一个小时前被雨淋凉了的脸，焦有有又掬了满满一捧，再度淋到脸上。

一个月的时间的确让人踌躇，她不知道自己该不该相信直觉，相信现在这个出现在她眼前的男人。可他顺手删除了记录，提了搬家。

热水从鼻尖滴落，微凉的泪从眼眶流下，她呜咽着哭了出来，想起之前在家里的机顶盒中翻出摄像头的恐惧，不由得发起抖来。焦有有用力地抱紧了双臂，越是想要拼命抑制，越是无法控制身体颤抖的本能。

她不知道他是谁，但无论如何都希望他不要离开。

6. 怜或悯

公司酒会。

正逢项目结束，庆祝性质的酒会自然氛围轻松不少。裕然平时在非必要情况下不太爱摆架子，所以等他和焦有有到场时，气氛已经活跃过一轮。

总裁到场，立马被团团围住，项目经理和特助给裕然和焦有有留的座位很显眼，二人一坐下，周围便伸过来了好几只热情的手，大家都举着酒杯，喜气洋洋地说要庆贺。

这阵仗属实有些大了，裕然稍稍挑了挑眉，面上不动声色，冷淡地伸手接过焦有有默默递过来的高脚杯。毕竟在原先的他的世界里，下属们怕他居多，没几个人敢这么明目张胆地灌他。

他顺带瞥了一眼自觉去拿高脚杯的焦有有，意思是让她少来替他挡酒，哪怕这是总秘不成文的职责之一。

只可惜被自家上司扫了一记眼风的焦有有进退两难，刚拿起一个空杯，眼前便伸过来一只高脚杯。

她抬眼，是项目经理。

男人的笑容里有着多年锻炼出来的圆滑，热情但不过分热切，他说着感谢的话，眼睛是望着裕然的，手里的高脚杯却轻轻地和焦有有的碰了碰："裕总和焦秘书这段时间都辛苦了。"

"言重了，应该的。"焦有有笑得很得体。

她手中的杯子空空如也，特助极其有眼力见儿地帮她续上，倒了个让人不好拒绝的六分满。

"焦秘书，以后也要请裕总和你多多关照了。"项目经理的举动大概是起了个头，另一只端着酒杯的手不知何时也插了进来，是女声，焦有有转过脸看了一眼，是另一个市场部的组长。

平日里低调的总秘现在好似成了个抢手的香饽饽，所有人都笑着迎了上来，酒杯簇拥，一口一个"焦秘书"和"裕总"，却没有一个人真的递到裕然的眼前。

焦有有，你真的是被明目张胆地卖掉也吱不出一声。

他们居然敢当着他的面灌酒，这种一眼就能看透的拙劣把戏让裕然感到恼火，他面上扬了个笑，手中无人敢问津的高脚杯稍稍倾斜，和市场部的女组长轻轻地碰了碰。

"林组长客气了。"

裕然在这群职场人精里不算年长。他太年轻，加上那张脸，私底下也没少被嘲弄是空降的太子爷。

但这半年来他变得太快，手腕强硬得与他的年龄格格不入。

"市场部向来优秀，说关照的话林组长未免太过谦虚。"这话也不算恭维，可它出自皮相上乘的年轻上司口中。

裕然含着笑将杯子里的红酒一饮而尽，抬眼，将年长的女组长望出了些许的退意。

她不知为何脸上一燥，准备好的话在肚子里打了结，喝完这杯以后便悄然转到了其他部门的圈子。

"陈经理。"裕然懒得看被自己挡在身后的焦有有露出了什么表情，把目光转向最开始打头阵的项目经理，微笑起来，"今晚焦秘书负责开车，不能喝酒。她那杯，我作为上司代劳。"

男经理微微一怔，随后立刻跟着笑了起来："瞧我，刚才没想到这茬。

"不好意思啊，焦秘书！"男人不忘对着焦有有爽快地致歉，维持着气氛的活跃，顺手从特助手里拿来酒瓶，给裕然的杯子礼节性地倒了六分满，"还是裕总怜香惜玉，懂得疼爱咱们焦秘书啊！"

这话不妥当，可所有人都仿佛听不懂其中的意思，纷纷打趣似的笑了起来，亲切得近乎将焦有有杀死在原地。

原本只是零星半点儿的火苗一下子蹿了起来。裕然脸上的笑加深了些，但空有弧度的笑眼冷淡至极。

"是吗？陈经理是这么认为的？"裕然饮尽酒后摇了摇空杯，视线却转到了焦有有的身上，对她扬了扬下巴，示意她去酒柜里拿瓶白兰地出来。

马蹄形的酒瓶被搁在盖了丝绒布的长桌上，焦有有敛神捧着分酒器，像是看不懂陈经理微微错愕的眼神，取来两个新的高脚杯，往里面倒了九分满。

"我向来对下属一视同仁。"澄澈的酒液在杯中摇晃，裕然似笑非笑地和仿佛接了个烫手山芋的陈经理碰了个杯，"我也可以很疼爱你，陈经理。"

能坐上项目经理这个职位的都是经过千锤百炼的人精，陈经理反应过来裕然今天是转了性子，往日里灌焦有有酒的行为这回是马屁拍在马腿上了。

"哎哟！这话……我哪里敢说小裕总偏心啊？"

好在他的资历在这儿——他是裕然父亲还在位时就在的员工。男人面不改色地换了个更亲近的称呼，笑哈哈地赔着笑脸："陈叔老骨头一把，喝完这杯可就没法跟老婆交代了。小裕总，海涵，海涵。"

裕然高中时养过一只麻雀，它是偶然撞到他房间的玻璃窗上的。

他本以为那只麻雀已经死了，嫌恶地推开窗，正打算把尸体处理掉时，没想到那奄奄一息的小东西挣扎着，发出了一声虚弱的鸣叫。

或许是同情心泛滥，又或者是那时候还未能做到眼睁睁地看着生物在自己的眼前逝去，裕然把这只麻雀留了下来。

麻雀伤了翅膀，再也飞不起来。帮它固定好骨折的翅膀后，裕然用注射器往那细细的食道里喂食、注水。

他原本不抱希望，没想到真的神奇地把这只麻雀救活了，从此就这么养了下来。

重新恢复活力的麻雀发出"叽叽喳喳"的叫声，明明不是什么名贵的鸟儿，却莫名其妙地让人无法置之不理。

裕然不想把它放在笼子里，伤好的麻雀或许还有再次飞起来的可能性，熟悉了笼子的麻雀就很难再野化。

但继母养猫，麻雀只能在笼子里。

那只麻雀没养过两个月就死了。哥哥路过他的房间，看到鸟笼里不起眼的麻雀，有些好笑地对他说道："裕然，别喜欢这种连笼子都配不上的东西。"

因为这一句话，身价不足牢笼的小鸟死了，无人保护，死得安静。

会亲昵地在他的指尖啄食的麻雀被剖开毛茸茸的腹部，钉在标本框里送到他的房间。

他想起了之前焦有有为何会给自己一种难以言喻的熟悉感。

她就像那麻雀——她被千刀所指，死了也不会发出声音，在标本框里维持着挣扎的模样，漆黑的眼珠不再湿润，小小的喙张开，呼唤着他的名字——

"裕然。"

来自焦有有的声音让他猛然睁开眼，同龄女人略带担忧的脸映入瞳孔，饮酒后特有的酸涩感涌上太阳穴。

"吵醒您了吗？"拉开车门的秘书弯着腰，递进来一个便利店的塑料袋，里面装着一盒醒酒药和一瓶矿泉水，"您现在吃一片醒酒药会比较好。"

他刚才居然在后座上睡着了吗？

"谢谢。"裕然撑着额头，用力捏了捏眉间，接过了焦有有递给他的塑料袋，掰开药盒里面的一片药，就着水咽下。

其实他没有喝醉，大脑无比清醒。他的酒量被练得不错，只不过他喝多了会变得不想说话。

酒会结束以后，因为他而没有被灌酒的焦有有拦下了他准备叫代驾的手："我来开吧。"

焦有有开车很稳。她工作时谨慎认真，察觉出裕然的倦意，因此没有说话。一路无话的过程中，裕然在轻微的颠簸中不知不觉地闭上眼。

车窗外的环境已经是他熟悉的连排平层公寓，他不由得松懈了些许，拧紧矿泉水瓶盖以后懒洋洋地跟焦有有道谢："麻烦你了。

"一会儿打车回去，焦有有。"工作时间以外，加之她先叫了名字，裕然跟焦有有说话的口吻也下意识地随意起来，"我来报销。"

想起来以前的事让裕然的心情不是很好，他下车时难免有些心不在焉，踏空绊了一下。

站在不远处的焦有有条件反射地要去扶他，那双纤细的手堪堪拽住了西装外套的前襟，她便被成年男性身体的巨大惯性带得向前栽去。

"砰"的一声，车门被重重地甩上。

"唑——"背部被车门硌着，产生了轻微的钝痛，裕然反手撑着车门站稳，手疾眼快地用另一只手捞住了一头栽到他怀里的焦有有，站稳以后便很快松了手。

事发突然，焦有有一时没反应过来，双手还撑在裕然的胸口上。她回过神来后也立刻往后退了一步。

女下属摔进男上司的怀里，老掉牙的偶像剧意外场面，不过对于成年男女来说就是不足挂齿的小意外而已——本应该如此。

这种尴尬场面吃亏的总是女人，他正准备道歉，却发现焦有有的神情不对——擅长察言观色，平时总是打圆场的焦秘书头一次不出声了。

她虽然垂着眼，转过身装作若无其事的模样，可哪怕在夜色里他也能看清楚，她的耳朵和脖子正烧得厉害。

他们都不是面对随便哪个异性甲乙丙丁都会脸红的年纪了。

焦有有，你在发什么疯？你明明唯独不能对"他"脸红。

裕然微怔，随后在酒会结束后被压下去的薄怒终究是失控地燎原。

"焦有有，"他上前一步，逼着试图回避的焦有有将脸转过来，"你看着我。"

处理存档、搬迁房子、踩碎潜规则……他这段时间忍着烦躁替她做的事都是白做的吗？

如果他和那个窝囊废再一次交换世界，她是不是就要咬着牙，吃下这所有的苦果？

而往日称心如意的焦秘书这时候敢硬气地和人唱反调，别过脸躲避他的视线，末了，才终于抬眸和他对视。

裕然终于看到她此时此刻的神情，她的眼角泛着无处躲藏的微红，下垂的眼角衬着她湿润的眼睛惹人遐思。

裕然冷淡地注视着她，心底另一个声音在唱反调：焦有有的事情他于理不该管……那么于情呢？

想起那些密密麻麻的照片、那个让人上火的房间以及公司里一些人觉得他吃定了焦有有的态度，裕然觉得很糟心、非常糟心、异常糟心。

这种糟心的情绪自然被带到了他说出来的话里，他眼里没有笑意时，勾唇的模样看起来很像在嘲弄她："我记得我之前提示过秘书对待男人的正确态度。

"同理可得，不要对男人露出这种表情，他会觉得你现在可以由他为所欲为。"

但是向来擅长读懂每一句潜台词的焦有有今晚好像特别死心眼儿，这样称得上有些过分的话似乎也没让她动摇。她看着他，问了一个在裕然此时看来有些白痴的问题："那你会吗？"

啊？

裕然险些被气笑。他想：今晚的焦有有也没喝酒啊，怎么跟智商被酒精拉低了似的？

之前关于"于情于理"的脑内博弈瞬间破了功，裕然怒极反笑，决定送佛送到西。这个偶尔会让人觉得她毫无危机感的女人着实让他无法置之不理。

他握住了那截被包裹在衬衣下的纤弱手腕，稍稍用力一扯，焦有有就像被折了翼的鸟，牢牢地被摁在了车门上。

正好，他非常擅长扮演坏人。

"会啊！"裕然笑了笑，语气轻佻地如此说道。

令人不安的被侵略感蹿入骨髓，焦有有被他的目光慑在原地，但出乎意料地倔强，仍然执拗地就着这个姿势，仰起脸和裕然对视。

"裕然，他是……喝不了酒的。"

7. 她所思

砂锅里的粥逐渐沸腾，黏稠的米粒翻滚，带出阵阵白茫茫的热气来。

经过处理的鱼片几乎没有腥味，混着瑶柱的香气钻进鼻腔。

空落落的胃部适时地被勾得痉挛了一小下，焦有有这才意识到自己其实已经饿得有点儿前胸贴后背了。

毕竟酒会对她而言向来四面楚歌，她招架得吃力，哪里有余力去关注桌上有什么餐点。

搁在锅沿的汤勺被拿起，沿着稍微凉了一些的粥面转了一圈，一碗八分满的热粥便被递到了她的眼前。

焦有有伸出手接过来，有些讪讪地低头喝粥："谢谢总裁。"

她今晚不在状态，走神儿的次数太多了——从裕然的公寓楼下转到夜市。害她心情混乱的人似乎毫不在意，然而她还没能从鼓起勇气孤注一掷的对峙中彻底醒过神来。

"刚才还叫全名，现在又改口了？"裕然很显然早已看出她的窘迫，只不过被她点破身份后，懒得再撑上司的架子。

他平时都会给她台阶下，此时反而懒洋洋地支着下巴，优哉游哉地欣赏她不知摆出什么表情好的茫然模样来。

性格真的差得太多了，焦有有想。

她只好在他注视的目光下轻声道："裕然。"

明明是他先起的坏心，无奈焦有有实在是太配合了。她逆来顺受的性子或许在别的男人看来可欺，但在裕然看来反而让他容易萌生出一种无话可说的挫败感来。

"先说正事吧。"他微微错开视线，低下头用汤勺缓缓翻动碗里的白粥，让滚烫的粥米与空气接触，变得更好入口，"你问我答。"

说罢，他又想起什么似的，瞥了正准备放下碗筷的焦有有一眼："你边吃边说。"

焦有有低低地"嗯"了一声，被注意到没吃饭这件事让她莫名其妙地有些窘迫，幸好横在桌子中间的砂锅冒着滚滚白烟，遮住了她生理性泛红的脸。

热乎乎的米粥下肚，原本空荡的胃被一种温热的饱和感逐渐填充，痉挛的痛意被温度渐渐抚平。

说是她问他答，事实上，话到嘴边便变了味，像是生锈许久的闸门有了松动的迹象，将即将溢出承载极限的苦水缓缓倒出。

沸腾的粥逐渐变凉。

裕然耐心地等焦有有说完，看着她发红的眼眶，递过去一张纸巾："好点儿了？"

"不好意思。"焦有有可以忍住眼眶的热意，但带有酸意的鼻音藏不住，她接过纸巾按在眼角，声音又细又闷，"还是你问吧。"

裕然意会，直截了当："什么时候发现的？

"别说因为喝酒，我看得出来你应该是知道很久了。"

"咖啡。"焦有有垂下眼，目光落在裕然正无意识敲着桌面的食指上，"你请团餐的那天，我弄混了咖啡，给你的是我的那杯，加了糖浆。

"他……不喜欢甜的东西。"

这一点作为理由听起来有些儿戏般的牵强，尽管它确实是既定事实。

这个答案好像让裕然有些意外，随后他挑了挑眉，轻描淡写地抛下了一个对焦有有来说过于重磅的事实炸弹："看来你第一天就看出来了。"

裕然冷淡地笑了笑："不吃甜，喝不了酒……原来我和他连口味都对不上。"

当然不仅仅因为这个。可其他的理由她说出来就显得太奇怪了——性格？外貌？就好像她在细致地观察他一样。

她还没有勇气说就连这张相同的脸在自己的眼里都是全然不同的，只能沉默地点点头。

"没有别的理由了？"然而裕然对于她的说法仿佛并不满意，抬眼紧盯着她，好似要看穿她的内心，"或者我换个说法，你没有别的想和我说的吗？"

焦有有微微一僵，原本轻轻拢着瓷碗的双手顿了顿，转而被搁到了并拢的大腿上。在裕然看不到的桌布下，她放在腿上的双手越攥越紧。

她没有回避他的视线，抿着唇缓缓地摇了摇头："没有。"

"焦有有，"和她对视的裕然叹了口气，皱起眉，相比起生气，眉宇间更多的是无奈，"你不怎么擅长撒谎，这分明是'有'的反应。"

在交谈过程中一直漫不经心地轻敲桌面的食指停了下来。

被抓到纰漏的焦有有脸色白得可怜，刚刚被温热的粥滋补的血色一瞬间就褪了下去。

原本打定主意今晚顺便提点提点这个倒霉女人的裕然喉头一哽，艰难地把到了嘴边想刨清底细的话咽了下去："我想我们想到的应该是一件事。你没那么迟钝。

"焦有有，我知道这对你来说很难堪或者为难，所以你不需要说出来。我换成问题，你只需要点头或者摇头就好了。"

焦有有低着头沉默，裕然耐心地等着。夜市的砂锅粥店现在正是生意兴隆的点，周围的客人吵嚷热闹，唯独他们这一桌静默得像是在演一部对峙的默剧。

"好。"良久，焦有有的回答轻得几乎要埋没在嘈杂的人声里。

裕然松了口气。

"公司有定期的酒会，他喝不了酒的话必然会醉。你送他回过公寓对吗？因为这是秘书的职责。"

焦有有点头。

"他大概醉得不省人事。所以你只能负责到底，一直送到房间里面。"

焦有有沉默。

焦有有点头。

还剩一个问题，裕然想确认一下焦有有知不知道那个房间的存在，但她越来越白的脸色让裕然知道这个问题对她而言过于残忍了。

事实已经被确定得八九不离十，至少焦有有对于原来的那个人是有警惕心的，这就足够了。

"明白了，就这样，剩下的明天再……"裕然缓缓吐出一口气，捏了捏仍然有酸胀感的眉间，不打算再追问。

他起身准备去结账，一直垂头坐着的焦有有却猛然站了起来，一把攥住他的手臂，眼里有隐隐的泪意："我看到了。

"所以我知道，你和他不一样。"

8．她所想

那也是一次酒会。

她的直属上司不善喝酒，半杯下肚就红了整张俊脸。于是职责所在，她便只能任劳任怨地举着酒杯，和一杯杯几欲伸到自己唇边的高脚杯都碰了碰，再一口饮尽。

他们倒也没有为难她，甚至热情地帮她兑了冰水进去。但是杯水车薪，哪怕下肚的半杯都是冰水，她也挡不住这一轮又一轮的架势。

焦有有在转身去倒酒时忍不住捂住胃部，随后抬起头看了一眼坐在一旁的裕然，确认他的状态——她还得分神照顾她的上司。

倒酒最为殷勤的陈经理是公司的老员工了，兢兢业业地跟着裕氏一家子，从老子跟到两个儿子。他递过来的酒焦有有不好推拒，只得忍着胃里翻腾着的恶心喝下。

"还是小裕总的焦秘书能干。"因为身形肥胖显得格外慈祥的男经理说出来的话却并不亲切，反而是职场里的男人们会心一笑的玩笑话。

正处于间歇性痉挛的胃部疼得更厉害了。焦有有配合地勾了勾嘴唇，她的脸色有些苍白，明眼人都能看出她在强颜欢笑，可没有人在乎，他们也不需要在乎。

酒已经空了两瓶，正好是焦有有找借口逃开，获得短暂喘息的好时机。

她放松了挺直的腰杆，示弱地按住了胃部，皱起眉歉疚地对着所有人笑道："我有点儿不舒服，先失陪一下。"

将放置在餐椅上的包包拿起，焦有有快步走向盥洗室。

大公司的洗手间里都燃着高级熏香，这股香气对于此时摄入了大量酒精的身体而言是一种强烈的刺激，她几乎在关上隔间门的那个瞬间就忍不住干呕起来，狼狈地扶着马桶，闭着眼将胃里的东西连同生理性的眼泪一起用力地咳了出来。

"哕……喀喀……"

胃里面除了冰冷的酒水并无其他，酒会开始前匆匆垫上的几块饼干早就被胃液消化，她甚至吐不出来什么东西。

马桶"哗哗"冲水的声音很好地遮盖了她的狼狈，距离会场最近的盥洗室里说不定会有认识的同事进来，她并不想被其他人知道自己背地里这种难堪的酸楚。

因为她不会被同情，也不会被当回事。

焦有有脱力地用一只手撑在高级马桶的水箱上，另一只手按住胃部缓解吐空了的疼痛，慢慢地呼吸来减缓呕吐后胸腔的灼烧感。

缓得差不多了，她抬手整理好凌乱的发丝，推开门走到洗手池前洗手。

冰凉的自来水冲去被挤到掌心里的泡沫，她抬眼，镜子如实地映出她看起来凄惨无比的脸。不过没有关系，她挂在挂钩上的包里装有化妆袋和颗粒装的漱口水。

与她相同的职业女性——尤其是需要在意形象的前台和文秘，必须依靠这些来撑起时时刻刻精致的自己。

能干的焦秘书是她焊在表皮上的假象，在角落里无声流泪、尖叫着想要回家的焦有有只有她空落落的胃知道。

焦有有补好口红，对着镜子露出一个凄然的笑来。

她熬到散场时已经接近 0 点。

裕然好像在她不在的期间强撑着替她喝了几杯，彻底醉得不省人事。上司平时没有配专属司机的习惯，焦有有叫好代驾，随后坐到了副驾驶座上，准备把上司送到家。

彻底喝醉了的男人并不好伺候，而且他独身居住的公寓里没有其他可以帮忙的人。焦有有无奈，只能拜托代驾司机帮忙，合力将裕然暂时安置到了沙发上。

"麻烦您了。"她客客气气地送走代驾司机，礼节性地多补了一个红包。

唯一庆幸的是喝醉了的裕然很安静，待在沙发上耷拉着脑袋，看起来不太舒服。

焦有有从包里拿出醒酒药，去饮水机接了一杯水后，站在醉意朦胧的上司面前犹豫了一会儿，打消了帮忙的想法，把药和水都搁置在茶几上，等他自己醒来去吃。

她掏出便笺和签字笔，垂下眼在上面写下注意事项和明天行程取消的话，弯下腰正准备贴在醒酒药的外包装上时，她的上司似乎清醒了些许。

他睁开眼。因为醉意，视线里出现在他家中的焦有有被一种奇妙的朦胧感笼罩，于是他笑起来，平时温和的神情因为单独相处的环境而变得有些许暧昧："是你送我回来的吗？有有。"

"您好点儿了吗？"焦有有恭敬地垂下眼，选择性地回避了他的话。

他也并不介意她躲闪的态度，弯着眼睛点了点头："托你的福。"

他注意到茶几上倒好的温水和醒酒药，眼里的笑意更深了些。他和她说"谢谢"，轻巧地拆开药板，取出里面的药粒就着温水吞下。

因为孤男寡女相处的氛围，焦有有感觉后颈上竖起的汗毛更多了些。面对平时就言语暧昧的上司，她本能地感觉到一种恐慌在自己的神经里蔓延，只能硬邦邦地回复道："这是秘书应该做的。"

她见招拆招的话堪称僵硬，只不过在男人眼里，这说不定是一种可爱的不解风情。

他含笑注视她，半晌，轻轻道："有有，我之前有没有说过，你和我很像？"

焦有有一怔："什么？"

相像？她和他？

她这样为了生计连辞职都不敢的小秘书，和含着金汤匙出身、想要什么都可以得到的裕家少爷……相像？

焦有有迷茫的眼神太过明显，对方似乎也反应过来自己酒后失言，于是笑着转移了话题："说笑的。很晚了，我不好再留你，有有，你快些回家吧。"

他的脸上还残留着醉意上头的微红，他起身放下水杯时，身体轻微地摇晃，余在杯子里的温水便洒在昂贵的衬衫上，浸湿了胸前的一大片布料。

见状，正准备走的焦有有为难地停住脚步，上司脸上的窘迫不似作伪，她便温声提议他去主卧休息，材质娇贵的衬衫交由她处理。

公寓就坐落在 CBD 的中心，公司和最繁华的商业街步行可到，宣传语夸耀似的"菁英居所"名副其实。方才代驾司机开车绕过绿化区时，焦有有看到了喷水池和眼花缭乱的名贵花卉，听说公寓还配备了室内泳池和私人的停机坪。

公寓不远处的商业群里便有服务质量上乘的西服干洗店，焦有有安静地穿过装饰意味浓厚的走廊，小心翼翼地推开门寻找衣帽间，想取一个收纳的手袋。

花了大价钱设计的公寓格局清晰易懂，焦有有顺利地取到手袋后便打算离开。她轻轻拉上衣帽间的折叠门，转过身时却发现拐角处有个房间的门悄悄地开了。

焦有有在整洁方面有些强迫心理。

将它关上吧，她心想。

女性柔弱的掌心覆上使用痕迹明显的门把手，齿轮之间的咬合有些差，不慎扭曲的着力方向让稍微使了劲的手掌反而将门推得更开了些。

敏锐的智能感应灯无须门户大开便先一步亮起，小小的房间被偏蓝的银白色顶灯照亮，如同被骤然点亮的游鱼水箱，伴随着焦有有压抑在喉间的一次惊慌失措的呼吸，潮水蔓延一般地全部被点亮。

她的脸——无数张她的脸。

她是水箱里以目光饲养的鱼。

这比任何卑劣的影像都要来得可怕、令她颤抖。比起拍摄下无知无觉的她的镜头，他的眼睛才是拍摄下她种种的摄像机，胶片于他的脑海中，外人无法知晓其中的内容将会被扭曲成何种模样。

焦有有的瞳孔颤抖起来。

那股彻头彻尾的凉意从脚底直蹿至脑髓，她呜咽一声并退后，本能提醒她不要发出任何声音，而她握住门把的右手已经在不受控制地发抖。

她拼命吞下喉咙里哽咽的哭意，用左手掐住了自己的右手腕，强迫自己轻轻地松开手，装作无事发生地带上门。

可这要她怎么装作什么都没有发生？！

她的内心在恐慌地尖叫，撕心裂肺地哭号——快跑！快跑！

她几乎是失魂落魄地逃离了那里，身体被割裂成了两半，理性和感性的自我保护掐成一团。

仅存的理智强撑着她把那件衬衫送到了干洗店，她甚至在打车回家的路上给上司发了一条"今天喝多了，因此明天请假"的短信。

她能怎么办？除了装聋作哑，她别无他法。

恐惧带来的冷意让焦有有萌生出了一种逐渐失温的错觉，就连眼泪落在脸颊上产生的刺痛都滚烫无比。

"我还能怎么办？……"她下意识地抱紧双臂，摩挲着试图取暖，讲述中的呜咽微弱得接近陷入噩梦中的呓语。

"焦有有。"

腥黑的噩梦陡然被劈开，手腕一紧，她蓦然被投入一个温热的怀抱里，这只手好像不怎么擅长安慰人，但仍然控制着力道，堪称笨拙地拍了拍她单薄的后背。

"你已经做得很好了。"

她听到他说。

9. 过 往

焦有有从小就不是那种擅长撒娇的孩子。

她下垂的眼尾显得无攻击性，放在动物里就是温驯的羔羊，能够沉默地给予他人想要的一切。

老师喜欢她这样乖巧安静的学生，为了重本率特意把她调到了靠窗的单人座，不让班里面那些显然是放弃了学习的差生打扰她。

毕竟她拥有一张干净清秀的脸，有些坏小子就喜欢逗她这种听话的好孩子寻开心，往往这种女孩儿也确实更容易被未知的世界蛊惑。

这点儿可怜的关照足够焦有有感激，她偶尔会看着窗外的操场发呆，想象自己拥有一些做题之外的乐趣。

南城中学的住宿条件不怎么样，同住的女生揉着胳膊抱怨狭窄的床板和潮湿的卫生间，白天在绿化带里躲着的蛙类到了夜晚格外活跃，蛙鸣声在安静的夜里越发清晰。

焦有有却心满意足地躺在不足一米宽的床板上。翻个身就能"嘎吱"作响的床架上挂着洗得干净的蚊帐，她盯着低矮的天花板，慢慢地闭上眼睛。

这里没有唠叨的母亲、沉默的父亲、被偏爱却不自知的哥哥。

她争取来的留校住宿时间仅有两个学期，但足够她喘息。

她在跟母亲提出想住校的那一天无比踌躇，低着头，心"怦怦"直跳，像是头一次尝试主动犯错的孩子。

不想住在家中——如此微小到不值一提的琐事，于她而言都是需要鼓起勇气的、叛逆的事。哪怕有她哥哥一上大学就搬出宿舍，非要单独一个人租房住的先例。

"住校？"赵芝——焦有有的母亲——想也不想地一口否决，"不可以。"

她的眼神甚至没有落在满脸恳切的女儿身上，她麻利地刷洗着手头的碗筷，不咸不淡地反问："再说了，学校的条件能好过家里？"

焦有有咬着嘴唇，眼瞧着洗碗布上的泡沫越刷越少，垂下眼拿过洗洁精，在帮母亲挤上一小泵的间隙趁势补充道："住校的话，周六日可以去图书馆学习，还能让留校的老师辅导。"

说完，她抬起眼忐忑地看向停下了手上动作的母亲。

她向来都是父母称心如意的好女儿，这样正当且有益的理由大部分的父母都不会拒绝，哪怕这是她人生中第一个拙劣的谎言。

"辅导？那怎么不见你其他同学也去？"赵芝只是意动一刻，随后便皱起了眉，"你不会是想留在学校谈恋爱吧？"

这种话对于一个堪称温顺的青春期少女而言过于刻薄了。焦有有先是脸色一红，随即立马褪了血色："没有！我……我没有。"

她艰难地尝试着画出一个合理的圆："因为老师也不是每周都会留校……能不能辅导，看运气。"

来自母亲的审视让她倍感压力，她不得不支撑着。

从原本只有电视声响的客厅传来了父亲焦明的声音："她翅膀硬了，就让她住好了。"向来不会插进母亲与她之间的父亲突然不沉默了，只不过语气并不怎么好。

焦有有不在意焦明不太耐烦的口吻，甚至产生了一丝微妙的庆幸：父亲松口了的话，母亲就基本不会有反对意见了。

"那就两个学期，住完整个高二。"焦明的语气不容置喙，理所

· 143 ·

当然地决定了她住校的时长，"这学期期末考的时候成绩要在年级前五十名，不然下半个学期也别住了。"

"我知道了。"焦有有乖巧地答应了，这已经是比被拒绝要好得多的结果，"谢谢爸爸妈妈。"

她从厨房里走出来，大概是脸上放松的笑意藏不住，坐在单人沙发上玩着游戏机的焦有良也破天荒地从难舍难分的战局中抬起头来，快速扫了她一眼，吊儿郎当地开玩笑道："怎么突然想住校？我们有有叛逆期到了？"

焦有有知道哥哥也就随口一问，根本不在乎答案，于是只是笑了笑："不是。"

叛逆期……

她只是想短暂地住在学校，为了多喘一口气罢了。

这种程度就足够被用上"叛逆"来形容的话……

那些真正处于极端青春期的同龄人看到她如此，大概是会发笑的吧？

音质奇差的刺耳笑声从正在外放搞笑视频的手机里传来。

"别看了，吵。"

朦胧的睡意被贯耳的魔音驱散得一干二净，裕然烦闷地皱着眉，从交叠的胳膊里抬起脸。他随手薅了一把睡乱了的头发，伸出一条腿踩到前桌人的凳架上，钩住并往后不轻不重地拉了一下。

前桌的胖子手一抖，手机就"啪嗒"一声掉到了地上，急得他连忙心疼地弯下腰捞起来，吹口气后用手抹掉屏上的灰尘，翻来覆去地检查玻璃屏有没有碎掉。

"神经病啊？现在是大课间，我看视频惹你了？"所幸宝贝手机安然无恙，胖子松了口气，立马由惊慌失措转成凶神恶煞，回过头不满地嚷嚷道，"这是我新买的手……手机……"

踢了他凳子一脚的始作俑者似笑非笑地看着他，小胖子这才想起自己的后座坐着那尊让老师都头疼的"大佛"，话到嘴边不由得卡了一下，本着输人不能输气场的想法，壮着胆子把话补完。

"真摔坏了我赔你。"裕然和谁说话的语气都是冷冷淡淡的，脸上却总是带着笑，放在一块儿就看着像脾气不好，"可要是一会儿老师进来没收就不会还给你了。"

谁敢要他赔？

裕这个姓氏稀罕得不行，像是从女生爱看的那种小说里面跑出来的主角的姓似的，再加上裕然那张脸，多关注一些社会要闻和商业新闻的高中生都知道他长得像谁。

他这种家庭出来的小孩儿都会被送去师资顶尖的枫藤私立学校，也不知道这少爷受了什么刺激，要跑来南城中学这种公立学校念书。

胖子被堵得"吭哧吭哧"的，说不出别的话，多瞪了裕然几眼，悻悻地把手机收回桌斗里，还惦记着没打赢的嘴仗，小声嘀咕："一会儿班主任来了先骂你那破头发。"

裕然耳尖，自然是听到了。他笑了两声，余光注意到与自己隔着一条过道和空座的女生似乎把刚才这段小插曲尽收眼底，还有两个女生围在她旁边，时不时地看过来，小声地议论着什么。

陡然撞上他的视线，三个女孩子立马噤声一瞬，随后笑作一团，岔开了话题。

他腿长，轻轻一跨就越过了空着的凳子："哎，问个问题。"

"什么？"坐着的女生竖起书本挡住脸，眼神乱瞟，却又忍不住落在他的发梢上。

正是阳光刺眼的时间，明晃晃的日光投进教室，那头染得过分得让人咋舌的头发便被衬托出了极致的黑与白，半边山水，半边风月。

"头发，余胖刚才说丑。"裕然轻松地点了点自己的头发，手指恰好落在白发的那端，"所以问一下女生的意见。"

三个女孩子相互看了对方一眼，像是都在怂恿对方先开口。

拿书挡着脸的女生被不动声色地推了几下，声音闷在课本里，听着格外轻："我觉得……还挺好看的。"

话头一开，另外一个站着的女生也跟着说道："很酷，适合你。"

这个年纪的女生不好轻易夸同班同学帅气，她们形容得含糊，可频频扫过裕然的目光藏不住。

"不过裕然，你这样会被骂的吧？下节是班主任的课。"

"你早上怎么进校门的，纪检老师没抓你吗？"

女孩子们向来同理心丰富，三两句就聊歪了题，明明和他也不怎么熟悉，却仍然能问出半是好奇半是担忧的问题。

"我翻墙进来的。"裕然随口道。女生们也知道他是在开玩笑，嘻嘻哈哈地笑作一团。

"真的？"

"感觉有点儿危险……"

"你翻墙？好——难想象。"

…………

果然，课间过来查看班级状况的班主任看到裕然的头发，气得吹胡子瞪眼。

年过半百的班主任带过的班级不胜枚举，再棘手的刺儿头也碰到过，但是对上裕然这样非暴力不合作的态度，血压还是久违地上蹿。

说裕然不听话吧，又好像不是，至少每次被叫到办公室训话，他都还算态度不错。但他和听话也沾不上什么边，对老师的说教左耳进右耳出，出了办公室的门还是那副让人操心的模样。

"明天立马给我染回去，不然别进教室的门。"班主任觉得自己的白头发都要被气出来几根，就跟裕然现在半头凌乱的白发一样，"真不知道今早你是怎么进校门的……"

裕然挨训的时候倒是装模作样的，格外乖巧，班主任瞪了裕然一眼，没好气地道："下节我的课你去教室后排站着，不然看着你，我的血压都要上来了。"

"知道了。"班主任抓着他说教也不是第一回，裕然知道爱岗敬业的小老头儿刀子嘴豆腐心，妥协似的耸耸肩，"我一会儿还是去走廊站着吧，担心您的身体，毕竟站在后排您也能看到我。"

不用班主任说，自己这个头发也是留不到明天的。裕然心里清楚。

"臭小子。"巴掌说来就来，老头儿不打招呼便狠狠地拍到了裕然的背上，一声脆响，震得自己的手心也有些发疼，"虽然不知道你在想什么，但是我得说一句，小孩子少和家里对着干。

"我教过那么多学生，看得出来你不是坏小孩儿。"班主任说着，咳嗽了两声，"顺着家里，乖一点儿，别拿叛逆当个性。"

上课铃正好响了，班主任用背在身后的手拿着教案，佝偻着背走上讲台。

裕然走出教室，顺势靠在了走廊的墙上，面无表情，视线的焦点虚虚地凝聚在楼外的操场上，漫无目的地放空着。

他并非拿叛逆当作勋章炫耀。也正因为是孩子，他连宣泄愤怒都只能选择最差解：让人失望、让人耻辱，以此来挑动本家对他的怒火。

当一个沉默如羔羊的好孩子，在他的家中只有被吞噬殆尽的命运。

本家。

大门后是精致干净的连廊和大片绿油油、毛茸茸的草坪，更远一点儿的玻璃温室里种满了继母喜欢的名贵鲜花。正握着浇花器龙头的女佣远远地便看到了裕然，朝他稍稍欠身，继而接着做浇草坪的工作。

平时这个点继母会出来散步，今天却不见人影。裕然皱皱眉，余光瞥到车库的灯是亮着的，立马了然：老头子今天回来了。

不过他爸回来也是必然。想必他这半黑半白的头发特助已经转告给他父亲了，顺带报告了一下这个哪里都不像爹的儿子又在公立学校里做了多少影响堂堂裕氏名誉的事情。

毕竟老头子最近都在忙着申请代表……也不想想满身铜臭味的资本家半路装作高洁的慈善家是多么虚伪的事情。

裕然懒洋洋地单肩挎着书包进门，果不其然，裕国成今天在家，正背朝着他，从全开的平面观景台上往外面的草坪上打高尔夫球。

继母正亲切地挽着哥哥裕游的手臂看丈夫打球，站在一旁的特助注意到门口的动静，快步走到裕国成的身旁，倾身过去："小然回来了。"

这声"小然"让继母和裕游都看了过来，比他大一岁的哥哥吹了声口哨："妈，爸，看看小然。"

裕游把胳膊从继母的手中抽出，盯着皱起眉打算上楼的裕然，笑嘻嘻地火上浇油："你哪里搞的头发这么酷？看来私立比不得公立，南中这么开放，连头发都可以染。"

"你少学丢人现眼的事。"裕国成冷着脸转过身，把球杆扔到大儿子的怀里，看着小儿子无视所有人打算上楼的背影，呵斥道："长能耐了，裕然？看看你弄的这是什么样子！滚过来跪下！"

"还要给你下跪呢？"绕过客厅的裕然听到"跪下"两个字的时候扯了扯嘴角，"现在什么年代啊？"

黑白的发色让裕然看起来像一头不驯的小豹，执拗得过分，不愿服输："回房了。你不待见我，我也不待见你们。"

"当初你说要去读公立学校，我想着你好好表现也算给我挣脸，就由着你去了。结果呢？脸没挣回来几分，差点儿就让你给丢光了！"

裕国成想着圈内人对自己的家庭教育的质疑，对小儿子的厌烦更上一层，目光在漆黑的茶几上巡视，很快便锁定在颇有分量的、造型抽象的黑石烟灰缸上。

他抄起那个烟灰缸，沉着脸大跨步地要朝着楼梯的方向走去。

"裕总！"这太过火了，意识到裕国成想做什么的特助下意识地迈开步子阻拦，一根银白色反光的金属球杆却横在他的胸前。

"哎，特助。"

特助错愕地侧目，看到裕游带着笑斜看了他一眼。

裕游的样貌和血亲弟弟有六分相似，可此时他的眼中只有期待好戏上演的残忍。他轻佻地用球杆敲了敲特助的胸口："再过去就要伤到你了。"

"砰——"价格不菲的烟灰缸从楼梯上滚落，砸在地上，发出令人牙酸的响声，狠狠地砸进所有人的心底。

裕然用力抓住楼梯的扶手稳住自己的身体，另一只手插到靠近右额的发间，黏腻的触感传来。他将放下的掌心缓缓在眼前摊开，刺眼鲜红的液体顺着他的掌纹流到腕骨。

额头上的伤口也在出血，迟缓地落在他的睫毛上。眩晕感上涌，裕然强撑着，回给裕国成一个冷笑："打也打了，满意了？"

对他的事从来不做声的继母短促地尖叫了一声，脸色发白，重心不稳，被脸色同样不好的特助扶住。

滚落在地板上的烟灰缸的一角上也有血迹。

"叫人来打扫。"裕国成冷漠地移开视线，看了一眼扶住妻子的特助，"顺便通知家庭医生。"

"爸，别太生气了。"裕游看着走过来的父亲，将手上的球杆递出，甚至已经在发球点放好一个崭新的小球。

"小然只是想引起您的注意而已。"

"焦有有，你这是想引起谁的注意？"

原本被收拾得整整齐齐的书包被粗暴地倒置，"哗啦啦"地往下倒着里面的物品——书本、作业本还有笔袋如同暴雨倾盆，凌乱地堆成一个高台。高台的最上面是她的罪状：一封有点儿皱巴的、已经被启封的情书。

赵芝沉着脸，看着沉默着低头的小女儿，居高临下地指着那封可怜的信件："谁给的？你答应了吗？"

要是平时的焦有有，肯定已经含着眼泪老老实实地回答了。

可她想起了那封信的内容。

她不喜欢母亲如同审讯罪犯的提问方式。

这封信是有人趁她不注意塞进她的书包的，她过了很久才发现。

这封信的存在让焦有有的心里像揣了一只兔子，她忐忑不已，抱着"是不是真心话大冒险"的心态拆开信件，小心翼翼地读完——是情书，上面的字算不上好看，歪歪扭扭的，但是看起来很真挚。信件没有落款，但焦有有知道是谁写的。

写信人是同班称不上熟悉的男同学，但由于都是住校生，焦有有周末偶尔会在图书馆碰到他，他会向焦有有询问有关课业的问题。

他真诚地写着，他喜欢她给自己辅导作业时耐心的样子，觉得她很温柔。

所以焦有有沉默了。

"不说？"向来让他们称心如意的女儿这次格外地固执，这种让家长愤怒的"不懂事"渐渐耗光了赵芝的耐心，她呼出一口气，点点头，随即弯下腰拿起那封情书，抽出信纸快速地扫视起来。

情书上的字眼让她想起女儿申请住校的理由，自圆其说地把想象和现实结合在一起，赵芝冷笑道："辅导学习喜欢上的？焦有有，你想要住校就是图去早恋是不是？

"你不说他的名字。"赵芝当着焦有有的面拿出手机，翻出班主任的电话以后没有按下通话键，而是举到耳边，眼睛牢牢地锁着女儿的面庞，以不错过她动摇的表情，"那妈妈只能打电话给班主任，问问到底是哪个没教养的小孩儿要勾引我家什么都不知道的乖女儿。"

勾引——

焦有有感觉自己的呼吸都停滞了。

多么羞耻的词，而教导她要知书达理的母亲现在正在用这个词形容她的同学和她。

"够了……"

低着头浑身颤抖的女儿声音太小，赵芝皱眉："什么？"

"够了！我是说够了！"

从来都像个羔羊般沉默的女儿猛然抬起头，红着脸，泪水涟涟，却拧着细细的眉毛痛苦地瞪着自己的母亲："妈，你还要怎么样逼我？我说了我不……"

一声响亮的巴掌声。

赵芝铁青着脸给了头一回顶嘴的女儿一巴掌："今天别吃晚饭了。"

焦有有的房门被轻轻地敲了两下。

"有有，是我。"哥哥故意压低的气声从门板后传来，"偷偷给你拿饭来了。"

焦有有听出是哥哥，这才红着眼眶起身去开门。她哭得一点儿饥饿感都没有，因此只是打开一条门缝，把哥哥手中的餐盘接了过来。

"谢谢哥哥。"她哑着嗓子，显得无精打采。

见小妹的状态这么不好，焦有良也不好说什么。

"妈怎么打脸？"他弯下腰来端详妹妹略显红肿的脸，心疼地摸了摸。

焦有有接过餐盘，低着头不说话。焦有良张了张嘴，想说安慰的话，又觉得说什么都不妥，最后只能讷讷地叮嘱她："吃完跟妈服个软……这事就过了。"

每次发生这种事，哥哥什么都不会说，只会在事后徒劳地安慰她。

焦有有露出一个难看的笑容，没有肯定也没有否定，随后缓缓地关上了门。

她端着餐盘坐回桌子前，端详了片刻，最后推远了些，不太想吃。

脑袋乱糟糟的，左脸还在火辣辣地疼。焦有有垂着脑袋，目光失焦地下笔写着作业，想要忘掉方才哥哥吞吞吐吐的模样。

有液体落下——

透明的，滴落在纸上，晕开在签字笔写过的地方；

黏稠的，从额前流下，顺着指缝，飞溅在造价不菲的木地板上。

我绝对不要再这样下去了。

她想。

他想。

10. 共 演

私密宽敞的房间里仅亮着昏黄的地灯，巨大的银幕反射出淡淡的光晕，幕布上生动地映着高中生模样的女主角。她握着雕刻用的美工刀，一下一下，认真又用力地在座位上刻下思慕的暗号。

已经度过了少年时代的焦有有和裕然，很显然不再是这种青春恋爱电影的受众。

正在放映的电影无人观看，女主角哭着告白的声音更像是遥远的白噪声，明明近在咫尺，焦有有却没能身处其中。她更在意自己方才交换听来的故事。

焦有有皱眉时有种令人揪心的苦楚，比她的神情更痛苦的是她的心情。她凝视着裕然的脸，被刻意放下的半边额发细碎地遮住了他的右眉骨。

原先看着，她只觉得他英俊得冷淡，近乎不通人情。她不该探究他的内心，否则也不会像现在这般，轻而易举地被某种冲动蛊惑。

焦有有伸出手，轻轻地贴在裕然的脸侧。她的声音很轻，带着颤意："打的是这边对吗？"

这种战栗恍惚间直达他的心底。

裕然微怔，察觉到焦有有被这种气氛所驱使，现在正陷于名为同理心的旋涡。

受过伤的羔羊连食肉的大型猛兽都会关怀地舔舐，哪怕伤口早已愈合，这种疼痛对于他而言其实也无须在意。

同情？

不……这很显然不是同情，这是——

作为清醒的一方，他应该点破，但焦有有的眼神让他最终还是选择什么也不说。

裕然和焦有有的身高差得有些多，哪怕是坐着，她都需要微微仰着脸才能和他对视。他稍稍低下头，垂着眼，像被驯服的雪豹对被他人咬伤过的羔羊低垂头颅，让那属于女性的、纤细葱白的手指温柔地抚进他的发间。

温热的指腹缓缓上移，蜻蜓点水般拂过他英俊的眉眼。

这样暧昧的触碰让裕然的睫毛下意识地颤了颤。他抬眼，正好望向焦有有的眼中。

银幕上，正好一道闪电劈下，视觉效果极好的私人影院骤然响起环绕的雨声，女主角在雨中哭着大声告白。

焦有有像是被雨声惊醒，终于意识到自己不小心顺着情感和气氛做出了逾越距离的举动："我……"

她急急地想要抽手，手背却被一道温热的触感包裹。

裕然的左手覆盖而上，手指若有似无地与她的相扣。他将头低得更低了些，好让焦有有能够顺势将他放下来的额发撩起来。

他语气平淡地回应了她前面的问题："都过去了。"

人类身体的愈合速度远远快过心理，那一处在多年前血流不止的额角没有留下疤痕，它平整光洁，找不出一丝一毫受过伤的迹象。

可她明白，没有留疤不代表没发生过。焦有有衡量着、想象着那到底是需要多久才愈合的伤痕，以至于时至今日，他做发型时都会下意识地选择放下右边的额发。

源源不断传来的体温让焦有有意识到自己该把手抽出来了，可看似只是松松的虚握比想象中要牢固，她蜷起手指，轻轻地抽了两下，无果，脸在不知不觉间呈现羞赧的薄红。

她只好讷讷地张嘴，试图解释刚才自己的行为。

裕然反倒先笑了起来。他在这方面善解人意到了让人觉得羞恼的地步，语气听起来有点儿揶揄的意味，用玩笑带过了方才奇怪的暧昧："看来焦秘书很在意我的脸。"

她如果否定，会显得矫揉造作，而裕然确实有张名副其实的好脸。

"是的……受伤了会觉得很可惜。"焦有有只好小声地给予肯定的回答，移开视线的同时，覆盖在手背上的温热也知情识趣地离开。

许久无人在意的银幕终于重获关注，哪怕两个观众都显得心不在焉。

裕然坐正身体，随意放松地支着下颌，抬眼凝视淋着大雨互诉衷肠的男女主演，从直白恳切的对白中又像是想到什么。

"我其实从来没想过会和别人说以前的事。"他说。

焦有有也正看着银幕，无从得知裕然说这句话的时候露出了怎样的表情，是不是和她一样，平静中带着些恍如隔世的怅然。她轻轻道："我也是。"

讲述那些过往曾经于她而言就像是亲手剖开胸腔，让他人评价自己跳动的心脏。

她顿了顿："但是，我今天全部说出来了。"

人在少年时渴望被理解，成年以后却恐惧被看透。她并不希望有人剥下她努力塑造的坚强外壳，看穿她的内心与她的过往。

男女主演在忘情地接吻。

她放在座椅扶手上的右手微微蜷起，无意识地攥紧了掌心："这很奇怪……但是，我想到是你的话，好像就有了说出来的勇气。"

银幕逐渐暗淡，黑底白字的演出鸣谢缓缓升起。

"我明白。"

她听到他这么说着，然后握住了自己的手。

11. 母　胎

电影结束时已经是凌晨 2 点。

今晚接收的信息量过大，负荷超载的大脑不堪运转，焦有有控制不住情绪的外露。

这样的状态实在不适合放她一个人回家，因此裕然才带着她临时乘车，转去了附近有住宿和餐饮服务的高级度假影院。

烘干机显示运行结束，焦有有换回自己参加酒会时穿的裙子，整理好了头发，从盥洗室中探出身子："久等……"

她没说完便合上了嘴。

裕然的疲惫或许远胜于她，这个人松懈下来时疲倦上涌，因此在等她的过程中不小心睡着了。

这画面着实罕见，让人莫名其妙地觉得心痒。焦有有便是抱着这种爪子挠心一般的好奇，放轻了脚步走向裕然。

他洗过的头发正垂在额前，带着潮意的前发柔化了过于英俊的五官带来的凌厉感，让他看起来不再有那么强烈的攻击性。

焦有有不由得想起裕然方才提到他学生时代的事，无意识地弯着眼睛，好似透过他这样罕见的神情，能够穿过时光，窥见他16岁时的影子。

凑近了些许，焦有有弯下腰正打算叫醒他时，嗅到了一股很淡的香味——是影院提供的高级香波，气味柔软轻盈，就在半小时前她也使用过——现在，她和裕然的身上正散发着同一股味道。

焦有有猛地直起身子，突然意识到有个洪水猛兽出现在她的心房。

大抵是对他人的气息敏感，而且焦有有后退的动静略大，裕然皱了皱眉，随后睁开了眼。

他也意识到自己不小心睡着了，两指摁上眉间，捏了捏后低声道："不好意思。我去叫车，先送你回家。"恍惚只是一瞬，裕然很快便恢复到了平时全知全能的精英模样，单手推开门后抵住门，让焦有有先走。

私人影院的走廊布置大抵是参考了店主喜欢的电影，笔直的结构显得走廊长似无尽，暗蓝色的墙纸上带着暗纹，地毯柔软，绒毛的波纹如同潮汐。

裕然订的房间就在影院的二层，不用乘梯。焦有有走在前面，刻意设计成回旋式的楼梯蜿蜒向下，她下意识地回头，二层外层的墙纸上还点缀着白云。房间的门做了融合设计，看着像是天空被开了一扇门后落下直通海面的梯。

裕然在这梯中，替她打开了镶嵌在虚假天空上的通往真实的大门。

焦有有的眼眶蓦然一热。

因为心不在焉而落后她几步的裕然把注意力从堆积成山的消息里移开，对上她的视线："怎么？"

"没什么。"焦有有飞快地低下头，拭掉了眼泪，再抬起脸来时已经面带笑容。她停下脚步等他："有工作上的急事？"

"都不急，明天再说吧。今天的事太多了。"裕然瞥了她一眼，跟上她以后，和她并肩走着。

大概是收到的消息并不怎么美好，他钩着领带，用力地松了两下，难得表现出对工作感到轻微头疼的样子："结果又要休息日加班。"

焦有有感同身受地点点头，随即像是想到了什么，抬眼看向裕然："以前还以为你不会觉得这种事烦……总裁怎么能讨厌上班？"

"总裁也是人，有人喜欢上班吗？"她的玩笑好像戳到裕然的笑点，他勾着唇笑了笑，语气中带着以牙还牙的戏弄，"别先急着笑，我加班你也逃不过，焦秘书。"

焦有有没忍住笑。

这大概是她头一次在裕然面前露出真正的笑容，天生就好像在微微颦蹙的柳眉在放松时很漂亮。她的确不是争奇斗艳的名花，是需要耐心去等一整夜的昙花，阳光由月球折射，落在花上，光晕清澈地在花瓣上流淌。

"那就只好一起加班了，总裁。"她笑着说。

以此为界，她和裕然的关系近了许多。

其实两个人的性格都不是会发展工作上的朋友的类型，但对于这一点，她和裕然都默契地闭口不谈。

焦有有发现自己和裕然的饮食口味、书影爱好都很相似，因此在偶尔清闲的周末，二人会抽出时间一起简单地吃个饭或者看电影。

加班后的夜晚，他们也不再是各自各套地回家，碰上饥肠辘辘的时候，裕然会钩着车钥匙朝她挑眉，她便绞尽脑汁开始想接下来的夜宵该吃点儿什么。

焦有有不止一次地思考过，这是否能够称作约会——所有的事在形式上看起来的确是约会无疑，但又微妙地和她所知的"男女约会"有所区别：氛围并不暧昧，她轻松得像是找到了藏在心底很久的自己。

说不定他只是迟来的"同龄朋友"而已？

她尝试着用对于现在这个年纪来说有点儿害臊的说法来解释，可内心在坦诚地否认。她无法欺骗自己：她感到开心。她很少这么情绪高涨，现在的快乐比她前二十八年加起来的都要多。

裕然把公寓的软装全部换新，在处理那个上了锁的房间时把她叫到了家中。

"我想了想，还是觉得由你来处理比较好。"他从厨房里拿出来一把厨房剪，掂了掂重量后交给焦有有，认真地望着她颤抖的瞳仁，"亲自面对它，就不会再害怕了。

"当然，害怕的话也没关系。"他拍了拍她的肩膀，反手指了指开启房间的那道旧门，"我就在这里陪着你。"

水箱、游鱼、目光……一切都消散在他的话里。

在焦有有撕下满墙的自己的脸的那一刻，生理性的泪水淌在脸上。她甚至不知道自己为何而哭，机械地剪碎一张又一张曾经装作无知无觉的、不敢反抗的自己，最后捧着那堆碎屑放声大哭。

裕然推了她一把，她得以鼓起勇气，迈开脚步，离开束缚她的包围圈——她狠下了心，回拒了母亲让她帮扶哥哥的请求。

为此，家里人没少吵架，焦有有很久没同时面对来自父母的压力，他们软硬兼施，就连向来好面子的哥哥也难得求她。

焦有有本来就少的回家频率降为零。在争吵爆发的一周后，一次准点下班时，她碰到了按捺不住直接杀来公司门口的赵芝。

裕然的家庭和她的家庭有相似之处，熟悉这种长辈行为模式的他和她对视一眼，看似是询问她的意见，实际上对于她的选择，他心知肚明："自己见？"

她点点头："嗯，毕竟是我的家事。"

"好。"他利索地挥了挥手，示意自己先去地下停车场等她。

他朝着远处的赵芝微微点头后，转身时叫了焦有有一声，在她疑惑的目光中用食指轻描淡写地点了一下自己的左脸："照顾好它。"

他怎么还记得她那时讲述的故事？

焦有有一瞬间有些失笑，蹙着眉抿了抿嘴，略带无奈说道："我尽量。"

她深吸一口气，走了过去，主动对赵芝低低地喊了一声"妈"。

赵芝拧着的眉毛动了动，在女儿主动先示弱的情况下，她便咽下了一些刻薄的话，只是拿捏着态度的冷热程度，不咸不淡地质问女儿："这些天任性够了吗？"

母亲还只是把她的态度当作任性，或许在母亲看来，她的所有不甘心只是争宠的伎俩而已。28岁的焦有有在母亲眼里和16岁的焦有有没有区别。

焦有有的表情不由得有些哀恸，她艰难地笑了笑："妈觉得我不肯给钱就是在任性吗？"

她疲于再和母亲一遍遍地解释这些年工作存下来的钱有多重要，首都再小的房也比老家的乡间别墅更让她有安全感。

"如果妈认为是我任性、不孝顺，"焦有有眨去眼中的泪水，"那妈就这么想好了。"

她盯着母亲的眼睛："我不会给的。"

"有有……"赵芝一怔。

她自认为自己作为母亲，无比了解这个从出生开始就活在她眼皮子底下的女儿。在此之前的焦有有是多么的乖顺、听话、称心如意啊！赵芝是暗暗地以女儿为傲的——焦有有几乎没有所谓的叛逆期，哪怕有，那点儿小小的"苗头"也被她这个母亲亲手掐灭了。

而现在站在她面前的这个女儿如此陌生，同时作为母亲的本能又让她能够轻而易举地看穿现在的焦有有在想什么——女儿的眼神写着，今天再也不会妥协。

一种荒谬的被背叛的感觉先一步涌上赵芝的心头，她的右手随着情绪微微颤抖。

焦有有注意到赵芝外泄的情绪，想起16岁的自己因为那封情书被打的时候，母亲的手也是如此率先颤抖了起来。

于是她轻轻闭上了眼："妈要是想打……就打吧。"

"焦有有！"

她在母亲的厉呵下继续："但这次我不会再因为被打了就妥协。"

"随你的便吧！"

意料之中的巴掌迟迟没有落下，焦有有只听到了这句话。她无法辨别母亲这一刻的情绪，睁开眼时只看到了赵芝离开的背影。

十二年……这一步她走了整整十二年。

焦有有将闷在胸口的那口气呼了出来，如释重负的疲惫感让她的眼眶再次湿润。她转过身向地下停车场走去，耳边却冷不防地响起鸣笛声。

她吓了一跳，往声源处看去，才发现那辆熟悉的漆黑色奥迪无声无息地不知道在角落里停了多久。

车窗降下后露出裕然的脸。他懒懒地敲着方向盘，另一只手撑在车窗沿上，看着还怔在原地的焦有有，扬起眉："还发呆？走了，该吃一顿庆祝焦秘书迟来的叛逆期的饭了。"

"什么迟来的叛逆期……"她小声道，拉开车门规规矩矩地坐到副驾驶座上，"我们都几岁了啊？"

可身为秘书的职业病让她条件反射地拿出手机看起餐厅来："最近的意餐？之前林经理她们说味道不错。"

"走。"

12. 宴与吻

转眼间，时间已经接近年尾。

年尾正是公司里最忙的时候，几乎所有人都在连轴转地工作，忙得昏天黑地，加班的次数直线上升。

焦有有好几次都撞见裕然沉着脸揉眉心，大概是加班的时间太长，他原本就生人勿近的气质看起来快翻倍成要吃人，季末会和年终会上，所有部门的部长都苦着脸，看起来生不如死。

焦有有难免有些担心，无奈秘书部门这边也忙得不可开交，她只能在汇报行程安排的时候顺手在裕然的桌上放点儿止痛的药物。不过她隔天再看，包装的锡纸仍然是没有拆开的状态。

直到所有会议暂告一段落，焦有有在家翻看日历时才后知后觉地发现，自她和裕然相遇至今，时间将近一年。

除此之外，她的生日也快到了，往后三天的周日正好是她的生日。

其实对于她这个年纪的大部分成年人而言，生日已经变得可有可无，可以过，也可以不过，纯粹取决于当天是否忙碌。

往年她都是简单地吃一顿饭来犒劳自己。她不需要蛋糕，不对着蛋糕许愿，这小小的仪式感无法也无须承载她的愿望。

但是，今年的她难得有了想要好好过一次生日的想法。

说来这也算豪赌的一环。她无法继续对自己的内心视而不见，于是眼下即将到来的生日就是一掷千金的抛硬币博弈，她押上自己的感情，买定离手。

一局定胜负，一面为正，一面为反。

她思来想去，拨通了裕然的电话。只有这种时候，她才会为自己成年人特有的想法感到庆幸，若是在少女时期，她一定做不到古井无波地说出一个任谁听都知道是生日约会的邀约。

电话被接通，裕然的声音在电话里听起来好像还带着点儿困意，他像是在休憩的雪豹被她摇醒："焦有有？"

"是我。"焦有有的说法很委婉，甚至带了点儿职业性的腔调，"想问你这周日有没有空？"

"是这样的，之前出来都是你请的客，于情于理我都应该回请一次。"

她这套说辞跟在业务交流时才会有的客套话一模一样，直接把裕然逗笑了，加班后补觉时产生的困倦都消去不少："现在好像不是工作时间吧，焦有有。"

他直击要害："周日是你的生日？"

焦有有险些结巴，轻咳一声，找回四平八稳的嗓音："是的……你怎么知道？"

裕然的尾音有些上扬："因为对员工手册倒背如流？"

真的假的？她有些不可置信地眨了眨眼，张了张嘴，不知如何回话。

听出她语塞，裕然直接笑出了声："骗你的，怎么可能都记住？顶多倒背如流你的吧。周日想吃什么？"

话题被带过得太快，她没有接茬儿的空隙，甚至忘记因为裕然的调侃脸红。比起被难得逗弄的羞耻，焦有有更多地感叹裕然在学生时期大概很受女生欢迎。

她靠着窗台打电话，脸被冷风吹得有点儿僵。

她把手机夹在肩窝里，伸手去关窗，思绪也本能地跳到了温暖的食物上："最近天冷，要不要吃火锅？"

话说出口她便有些后悔，火锅店……哪怕装修再高档，总还是少了点儿浪漫氛围。

说来也怪裕然，他在吃饭这方面好养活到了令人惊异的程度，完全没有富家子弟挑剔的毛病。她和他相处久了，自然是忘了这一点。

怎么说也该是高级餐厅的……她懊悔得想改口，听筒那边的裕然却爽快地应下了。

周日。

向来都提前到的裕然难得迟到了一小会儿，发消息让焦有有按照她的口味点菜就好，他大概十分钟后到。

二人桌中央的锅已经煮沸，熬成奶白色的骨汤"咕嘟咕嘟"地冒着泡泡，焦有有垂下眼静静地看着翻滚的汤底，犹豫了片刻，从小包里找出随身镜，确认自己的妆没有被热气蒸化。

此时邻座的一对小女生突然短促地低呼一声，原本正常分贝的谈话声突然压低不少，内容量却是激增，叽叽喳喳的，像是一对兴奋的小鸟。

焦有有收起镜子，回过头，果然看到裕然朝自己走来。

毛衣、长款风衣、身高，还有他无可挑剔的脸，这些组合在一起，成了天然就让女性喜欢的撒手锏。已经对裕然的脸有一定免疫力的焦有有稍微扬了扬手，目光落在了他的手上——

她没想到他还带了蛋糕。

"久等。来的路上堵车，取蛋糕花了点儿时间。"裕然坐下时便把蛋糕递给了她，见她惊讶的表情，半开玩笑道，"你不会不吃蛋糕吧？放心，尺寸不大，两个人吃得完，也不甜。"

包装的绸带里还混着金丝，挂在蝴蝶结处的挂牌很眼熟——焦有有在帮裕然处理一些人情往来时就订过这家店，几个投资人的千金钟爱这种精致的私人订制甜品，裱花和装盘无不精致，昂贵热门，订单基本排到三个月以后了。

"谢谢。"她小心翼翼地接过蛋糕盒，实在没想到自己也有收到它的一天，"这家店两个月前就停止预订，进入年末闭店的倒计时了。"

"我抢的别人的。"裕然示意她现在就打开，随口道。

果不其然收获了焦有有震惊的眼神，他笑起来："开玩笑的，怎么还当真了？"那意思就是他早就订了。

焦有有很想控制自己发烫的耳朵，幸好今天是散发，能够遮住她所有无所遁形的情绪。

"因为感觉你做得出。"她低下头取出蛋糕盒里面的塑料刀将这块精致的贵东西分出不占胃的两小份，用玩笑蒙混过关。

"真是熟了以后越来越敢开玩笑了。"裕然皱起眉做了个假凶的表情，惹得知道他没生气的焦有有掩着嘴，"哧哧"地跟着笑。

裕然接过焦有有递过来的蛋糕，随手搁在桌上："等一下。"

他用另一只手变魔术似的不知道从哪里取出一个特意去了包装袋的小盒，打开后是一条漂亮的手环，白金色，环绕着两条细链的是一圈盛开的山茶花。

镶嵌着钻石的山茶花是某个奢侈品牌的经典元素，焦有有自然认出了牌子。礼物昂贵得让她羞赧，不过她下意识缩手的动作遭到了温柔的反制。

"别动。"裕然攥紧了她的手，垂着眼，帮她把滑动的搭扣调节到完美贴合她的腕骨。

焦有有的手腕纤细，甚至能透过浅浅的表皮窥见她血管的走向。山茶花环住她淡青的静脉，像是从里面生长出的小花。

裕然松开手，对合适的手环很满意。他抬起眼望向她，稍稍勾起唇，翻腾的锅底涌起白雾，氤氲着他过于凌厉的五官，虚化的视线里，连那抹笑容看起来都带着让人动容的温柔。

"焦有有，祝你生日快乐。"

再怎么故作镇定，焦有有也做不到对这样罕见的笑容无动于衷。她承认自己在这个瞬间心跳失拍，该由理智控制的话反而从心房滚出，涌到嘴边，欲言又止。

场景不对，气氛也不对，她有些惊慌失措，眼见着裕然瞳孔里映出的自己神情惶然得像怀里揣了一百只乱蹦的兔子。

还好服务员及时上菜，解救了险些被自己的心动出卖的焦有有。

…………

他们从火锅店结账出来时将近 21 点，正好是商圈最繁华的时间，又赶上休息日，商业街的人流量很大。

但再拥挤的人潮也挡不住高涨的兴致，焦有有甚至怀疑方才那个价格不菲的小蛋糕含有酒精，不然她怎么轻飘飘的，好像醉了酒。

她向沿街的店铺看去，一家口碑很好的奶茶店让她难得有些意动：火锅店提供的漱口水味道奇妙至极，她和裕然用完以后对视一眼，都露出了难以言喻的表情。

裕然自然看得出来向来内敛沉默的焦秘书今天情绪外露，开心得格外明显。他顺着焦有有的目光，自然也看到了那家奶茶店。

他了然："喝？"

焦有有老实地点了点头："嗯……漱口水的味道怪怪的。"

自助点单的效率很高，两个已经不怎么喝奶茶的上班族夹在学生堆里取单，点的都是同一种招牌珍珠奶茶。

焦有有拆开吸管，戳破封口以后先喝了一口。黑糖熬煮的甜味和口腔里残留的漱口水的怪味混在一起，顿时成了一种更为刺激味蕾的神奇味道。

她不得不苦着脸，艰难地将那一口奶茶咽了下去："好奇怪的味道……"

"是吗？"

她皱着脸的样子勾起了裕然的好奇，他顺势弯下腰，凑过去就着焦有有手上那一杯喝了两口，散开在嘴里的味道让他也有些忍不住皱眉："跟漱口水混在一起了，再喝一口就不奇怪了。"

吸管上还残留着她的口红印……

焦有有原本只是耳朵发红，现在脸和脖子都烧了起来："那……那是我的……"

她结结巴巴的模样让裕然忍不住笑起来，他像逗弄猎物的雪豹，语气懒洋洋的："嗯，我知道。

"我还知道你今天欲言又止究竟是想说什么。"

在悬崖峭壁捕食小羊的雪豹擅长一击必杀，眼前彻底宕机的焦有有就是主动送上门的羊。

"但是，鉴于你好像一直说不出口，就只好由我来说了。"

裕然含着笑抽走焦有有手中的那杯奶茶，将自己手上那杯还没喝过的塞到她的手里："限时买一赠一——买奶茶，送一个让我属于你的机会。"他一定知道他笑起来有多惑人，偏偏用的是平常和她商量工作的口吻，"要做这笔交易吗，焦秘书？"

焦有有咬着嘴唇，觉得自己的心跳快到都要将她眼中的眼泪颤出来了。

她用力地点点头，闭上眼。

在即将 29 岁的夜晚，她收获了一个价值十八块钱的珍珠奶茶口味的吻。

13. 非日常

焦有有的生日过后，公司里临时有需要两地跑的项目要在春假前抓紧跟进。

裕然要出国出差一周，焦有有则留在本市跑几个需要总秘亲自去的外勤。

他们刚确定关系就要短暂地成为异地情侣，说完全无动于衷当然是不可能的。不过性格使然，她和裕然都分得清轻重关系，甚至在出发前的晚餐中，各自都还在处理手头的工作。

用餐期间，焦有有的工作电话还在不停作响，裕然看她握着餐刀许久没有动静，干脆拿过她的牛排，垂着眼替她切成易食的小块。

焦有有接通电话："您好，请问……

"好的，我会帮您转达。稍后给您答复可以吗？"

这次的电话似乎不是平常的项目往来，拿出日程本正准备往上书写的焦有有笔尖一顿，她看了一眼裕然，朝他无声地做了个口型。

礼节性地客套完，焦有有挂断了电话，读懂她口型的裕然把切好的牛排放到她的面前，扬了扬下巴，示意她边吃边说。

"刘特助？是我爸那边有事？"

"是，刘特助希望您能空出下周的周六，回本家一趟，说是您父亲的意思。"

说到工作，焦有有下意识就用了敬语，对上裕然似笑非笑的眼神，反应过来今天的晚餐其实算他俩出差前最后一次约会了。

于是她改口，用女朋友商量的口吻问："你要……你想回去吗？"

"不回，一般这种都只是闲得没事把我叫回去。"裕然摇头，"而且下周六我才刚回来，这是要飞机落地就回去？没空。"

"知道了。"焦有有点点头，在日程本上圈下一个圆，顺势抬腕看了一眼腕表，"一个半小时后就该去机场了。"

裕然淡淡地"嗯"了一声："我有数，正好先送你回家。"

首都的凌晨正好是裕然所在的航班起飞的时刻，他即将去的国家与此处相差七个时区，这意味着平时忙碌的两个人大概比较难碰上打电话的时间点。

焦有有给裕然发了一条让他落地以后告诉自己的消息。其实之前也有过总秘不用跟去的差旅，裕然每次都会给她发一条落地的微信，但那时候他和她的关系是上司和下属，总裁和总秘。

他们身处的位置发生了变化，哪怕是同样的消息，意义对她来说也确实不同。

她这头考察外勤也碰到了些许麻烦的难题，不过目前对她而言，最麻烦的还是锲而不舍的刘特助。

她第一时间就把裕然的意思转告了对方，但在裕家亲眼见证过一把手更替的特助显然不是第一次面对这种情况。他彬彬有礼的态度甚至可以称得上油盐不进，哪怕焦有有已经说得毫无回转的余地，这个年近半百的男人也只是客气地表达明日会再来。

"然少爷已经很久没有回家了。裕总……抱歉，失礼了，国成先生其实是很想他的。"特助似乎还是习惯将裕然称呼为"少爷"，他心里的裕总仍然是裕国成，"麻烦焦小姐再替我多转告一次，占用您的时间了。"

他的礼节到位，焦有有无法，只能歉意地应下，第二天仍然是委婉地转达同一个不会有变化的答案。

这样的拜访僵持了三天，刘特助每天都会抽空过来，在会议室和焦有有聊上十分钟，内容不外乎之前的话题。

然而到了第四天的时候，刘特助没有来。

他大概是放弃了？焦有有思考着。

但这对她来说也算是减轻了一个小小的负担。这周也是她最忙碌的时候，基本跑一趟外勤回来，再回到办公室收拾东西时已经是正常下班时间的三个小时后了。

公司的电子门卡处是陆续刷卡下班的员工，焦有有抱着整理好的资料袋，像一条逆流而上的小鱼，踩着高跟鞋匆匆忙忙地赶着即将关上门的电梯。

在缝隙越来越小，电梯门即将被合上的关头，里面的人注意到了空不出手来刷卡乘梯的焦有有，摁下了开门键，拦着电梯门让她进来。

"不好意思，谢谢。"焦有有一边道谢一边试图掏出工卡，这个帮她开门的男人已经率先掏出了自己的卡，替她刷开了按键的权限。

"哪一层？"

男人的手很漂亮，是让人忍不住会顺着他的手臂去看他的脸的好看。

"三十一层，谢谢。"焦有有说完，也下意识地抬眼看了一眼男人的脸。

那是一张非常漂亮的脸，甚至作为男人来说，他太过完美了，总感觉不该佩戴工卡出现在这种高楼大厦里，而是应该在银幕上发光发热。

对这样让人过目难忘的脸，焦有有却毫无印象。

她顿了一秒，视线下移，看到男人的胸前挂着的确实是公司统一发放的工牌。只不过他的工牌反了过来，焦有有看不到他的名字。

她猜想或许这个男人是新来的员工。

"叮"的一声，电梯提示她的楼层到了，焦有有露出微笑，和男人礼节性地相互点头致意。

只不过离开前，她多留意了一眼男人按下的楼层数：二十七层，是秘书部门所在的楼层。

相较于焦有有这边的焦灼进展，裕然的跨国出差反而顺利许多，他比原定的日期要提前一天回国。

当地负责跟着他的人替他订了回首都的机票，裕然在酒店的落地窗前打开手机，想给焦有有发消息。窗外的日照还很强烈，他想起现在的时间对于国内而言还是深夜。

裕然摁息屏幕，决定飞机落地以后再告诉焦有有自己提前回来了。

直飞耗时将近十三个小时，但这大概是他第一次在落地以后没有长途跋涉的疲惫。

他试图想象焦有有面对这种情况时会露出什么表情，会像电视剧里的女生那样扑进他的怀里吗？应该不会，以她的性格，她大概只会站在原地任人揉搓。

但无论她是什么反应，对他来说都很有趣。他想着，心情很好地勾起嘴角。

飞机刚刚落地，信号接上的那一刻，手机便振动着提示他收到一条新的短信。

裕然打开手机，弹窗的预览消息开始滚动，发信人显示为焦有有。

消息被折叠了大半，但从开头寥寥几字中不难看出这条短信的内容：

"我想见你，就现在……"

有点儿任性的热情情话，不太像焦有有的风格。裕然蹙起眉毛，点开"显示全部"。

"我在以前常去的咖啡厅等你。

"逢时。"

14. 谁与谁

裕然认识逢时是在读书的时候。

那会儿裕然不爱回家，毕竟家里乌烟瘴气的。他放学以后喜欢漫无目的地乱逛，会碰到逢时纯属偶然。

学校在市中心，隔了条八车道的马路就是旧时最繁华的商业街，多拐几条小巷就会到只有夜晚营业的酒吧街。

爱看球和喜欢出去混的学生都知道那里，毕竟这个年纪的学生总有点儿叛逆的心理，越是不被容许的事情就越要去做。

酒吧街上的店都是有正经营业执照的，但防不了黑心老板打游击战似的招黑工。这种灰色地带给的时薪很高，逢时就偷偷在那里打工。

那会儿逢时是学校里出了名的"贫穷贵公子"，悲惨的身世以及漂亮的脸把学校里的女孩子迷得七荤八素。他的态度看起来也相当亲切，长得高不可攀，还没有一些富家公子哥儿的臭毛病。

再加上逢时每年都是奖学金的得主，脑子也很好使，家里条件不好这点在女生的眼里自然也算不上什么，她们甚至因此更怜爱他。

只不过裕然这会儿碰到的"贫穷贵公子"一点儿也不体面——逢时在酒吧的后巷被喝得烂醉的客人找碴儿。这里避人耳目，再加上外街上的音响震天响，除了乱逛的裕然，没有人看到有个学生被客人打得鼻青脸肿。

裕然认出了逢时那张出名的脸，解开领带缠到右手上，一拳打到那个客人的鼻子上。

他和逢时因此结识。

裕然有一段时间是真心叫过逢时"学长"的。

逢时比他的血亲兄长表现得更像一个哥哥，不会嘲笑他努力学着照顾那只受伤的麻雀，在得知那只麻雀因为意外死后，表现得比裕然还要难过。

然而他低估了逢时对钱的执着程度。逢时需要钱，为了钱，甚至可以故意惹恼一看就没有什么脑子的客人，就是为了私了的高昂封口费。

再后来，只要能拥有大量的钱财，逢时就没有什么是不可以放弃的。

想起往事的感觉让裕然觉得头疼，胸口好像被混浊的酒液堵塞，太阳穴突突直跳。

"怎么回事？"他用力地按了按眉心，不由得想起了差不多刚刚交换到这个世界时，他也有过这种类似于酗酒宿醉的头痛感。

他往上翻短信，与焦有有交流的痕迹还在，只有那条署名逢时的短信刺眼无比。

裕然面无表情地拨通了这个号码："我马上就到。"

焦有有在午休时收到了裕然的短信：

"有有，你现在有空吗？"

这个点对于裕然出差的国家来说可是还在深夜。焦有有难免担心地回复："怎么了？你怎么还没睡？"

"提前结束出差回来了。就是有点儿不舒服，现在在家休息。"

裕然回复得很快，焦有有心下对他居然提前结束出差的惊讶还没结束，就先被担心的情绪填满。

但是……这两条短信给她的感觉有些奇怪，并不像平常的裕然——裕然平时和她发短信的风格很随意，甚至标点符号都不怎么打。

但这个号码的确是裕然的，没有错。

焦有有抿着唇拨号过去，听筒内传来电话客服机械的道歉声，表示对方的号码已占线。

在她思考之际，又一条短信发来。

"你能来看我吗？"

…………

今天是周五，正处于放学、下班的时间点，学校这家开了很多年的咖啡馆里人山人海，大多是占着桌子一起写作业的学生。

裕然见到逢时的时候，逢时正坐在靠窗的卡座上，桌上的两杯咖啡还在冒着热气。逢时双手抱胸，神色淡淡地看着窗外，并不在乎隔壁桌的女学生讨论他相貌的窃窃私语。

逢时当年也是如此。只不过，彼时穿着洗得发白的衬衫的他在裕然眼里，比现在这副浑身名牌的样子要顺眼得多。

玻璃窗映出了沉着脸的裕然，逢时回过头，露出一个让人挑不出错的笑来，伸出手轻轻碰了碰其中一杯咖啡的杯柄，客气地示意裕然坐下："你来了。"

裕然瞥了一眼杯中的热美式，不打算碰。

"逢时。"他站着，看着眼前丝毫没有被岁月减损美貌的男人，抱着宁可信其有的想法，皱着眉试探，"你听过焦有有这个名字吗？"

"嗯？没有，是你的新下属吗？"逢时脸上的疑惑不似作伪，"坐下说吧。"

"找我什么事？"裕然的思绪还有些乱，对于焦有有的担心让他现在倍感烦躁，他抬眼看向含着笑的逢时，语气冷硬，"你不会就是心血来潮想回来装年轻吧？没什么事我就走了。"

"没事就不可以找你吗？我下个月说不定就和你成为一家人了。"逢时对于这种程度的难听话很早就免疫了，不接茬儿，只是端起杯子喝了一口咖啡，脸上的笑意不变，凝视着杯里波动的咖色液体表面，"看在认识这么久的分儿上，我希望婚礼你能来。"

裕然冷淡地勾了勾嘴角，没有什么要笑的意思："恭喜你。不去。"

"小然，这么多年了，你还在跟我生气？气我只喜欢钱，气我为了钱通过你搭上你哥？"逢时被裕然那句配合的"恭喜"逗笑，轻轻笑了两声，"我还是喜欢你以前叫我'学长'的时候。"

"我这年纪不适合被叫'小然'，你也别这么叫我。"这种不合时宜地回忆往昔让裕然顿时耐心全无，他不打算继续听逢时在这里莫名其妙地扯东扯西，"别让我觉得你恶心，逢时。"

裕然站起来，提起丢在座位旁的大衣："我走了。"

逢时没有拦他的意思，只是低下头轻轻拿银匙搅动咖啡，叹了口气："这么久不见，你就不想和我多聊聊吗？"

"我没什么可以和你聊的。"裕然嗤笑一声，丢下这句话准备离开，而脑内电光一闪，他猛然顿住脚步，回过身，一手用力地撑在卡座的桌面上，力气之大，震得桌上那杯没被动过的热美式都洒了出来，周围的学生也纷纷投来好奇八卦的目光。

"这么久不见？你还没有辞职吧，逢时？"血液中有种烦躁的愤怒随着话语越烧越旺，裕然生气时的语气仍然平静，眼神则越来越冷，"我是你的上司，你是我的秘书。"

"按理来说，我们不应该是低头不见抬头见的关系吗？"裕然冷笑一声，加重了"我们"二字的咬字。

逢时微微变了脸色，下意识地回避裕然的视线，而这个行为就是那点燃荒原的火星，裕然在周围的侍者和学生的惊呼中一把揪住逢时的衣领："你知道是不是？"

"我不知道你在说什……"

"你知道的。"裕然打断逢时的话，咬牙切齿，一字一顿，"你当然知道我在说什么，不然你这么精明的人，才不会在这个节骨眼儿上给我发那种消息。"

自知说漏嘴的逢时知道已经装不下去了，于是外貌温柔的男人也骤然变了面目，冷笑道："是又怎么样？

"她的故事我听说了，你也一定听说了吧？

"你很上心啊，喜欢她吗？还是说，你只是在可怜她——就像当年你可怜我一样？！"

衣领上的桎梏越收越紧，逢时却有种报复的快感。他甚至希望裕然能失去理智地对自己大打出手："当别人的救世主很畅快吧，裕然？我就是看不惯你这副正义凛然的狗样子。"

逢时露出一个嘲讽的笑来："自顾自地拯救别人，又自顾自地发现那个人不如你想的纯洁，然后就单方面地拍板绝交。"

"逢时，你发哪门子疯？"裕然怒极反笑，用力收紧的手指在微微发抖，要克制自己想要朝逢时那张脸揍过去的冲动，"就因为我和你合不来这点儿破事，你就要把一个女人往火坑里推？逢时，我现在是真的觉得你恶心了。"

实在是听不下去了，而且怎么看都是在被逢时浪费时间，裕然干脆地松开手，转身给擅长找人的职业私家侦探拨号，另一只手取出车钥匙准备先去几个可能的地点。

"火坑？她根本就分不出差别也说不定，英俊多金的男朋友，是谁有差别吗？"

裕然离开得很干脆。眼见挑衅并不管用，逢时摸着脖子咳嗽了几声，哼哼着笑道："首都这么大，等你找到她，她早就骨头都不剩了。"

裕然没有回头。

逢时挥挥手，对前来搀扶自己的侍者表示自己没事，呼出一口气坐回原位，重新看向窗外，目光冷漠地落在已经看不到车影的街道上。

"赌赌看吧，裕然，你和她之间究竟有没有所谓的命运。"

15. 相似与相反

某天醒来，裕燃[1]陷入了一个美妙的梦境中。

一向更加偏爱大哥的裕国成突然对他刮目相看，甚至在公司的事情上彻底对他放了权，他从此不用再看董事会那帮老东西的脸色做事。

嚣张跋扈的大哥也好像转了性子，虽然仍会对他冷嘲热讽，却不会再明里暗里地做些针对他的事情，也不再疯狂地在父亲那儿给他上眼药。

变化的还有他现在的秘书。

他的秘书不再是他迷恋的焦有有，取而代之的是一个容貌优秀的男人，精明、干练、敏锐多疑、无所不用其极。

逢时真的很聪明，在最开始时便经常对他露出若有所思的表情。

"你不是他吧？"直到某天，逢时在办公室里对裕燃说出了一句让裕燃冒汗的话。

原来这一切不是美妙的梦境，这是货真价实的另一个世界，他拥有了另一个自己所拥有的东西。

---

1 为方便读者区分原身和男主，原身的名字在文中写作"裕燃"，仅作为区别，文中世界两者姓名相同。

然而，越了解关于这个世界的真相，他反而越觉得烦闷：属于这个世界的自己是和他截然相反的人，他们本同为一体，却又相差甚远。

和选择听从父亲的意愿，与哥哥入读同一所私立学校，从而活在哥哥的阴影下的他不同，另一个他陌生得像是他曾经想要成为的自己，反抗得遍体鳞伤，却肆意潇洒。

逢时口中的"裕然"听起来是个既有主见又有魅力的人，叛逆却又理智，冷淡但又正义，与自己全然不同。

"你不担心你喜欢的那个小秘书会爱上他吗？"逢时用很怜悯的眼神看裕燃，"小然从来都对很可怜的人放不下手，保护欲简直无处挥发，就像当年对我一样。"

"你说你喜欢的女人和你很像，都是活在家庭阴影里的人……"

他与逢时倾述过的卑劣思慕也成了逢时攻击自己的利剑。

"但是人啊，比起怜弱，更喜欢慕强。"逢时的手指抚过他的脸，"当然，以你的地位足够掌控她的身体、她的一切，可你想要的心不同。你说，如果哪天换回去了……"

逢时瞥见他动摇的表情，弯下腰来，将双手轻轻地搭在他的肩膀上，语气里带着残忍而天真的疑惑："她会装聋作哑地选择你吗？名牌包和高仿货，傻子都知道怎么选。"

他挥开了逢时的手。他坚信焦有有是不会背叛自己的。

他和她是相似的，只有他——没错，只有他懂得她的苦楚，只有他能明白活在哥哥的阴影下的滋味，了解父母的偏心是多么令人痛苦的一件事。

他迫不及待想要去证明这件事的正确性。然而时间一天天过去，他几乎要习惯这种舒适的生活，只有在夜深人静时，这些不甘和渴望才会熊熊燃烧——他嫉妒着另一个自己。

在时间过去将近一年之际，逢时带来一个不知道是好是坏的消息。

"你要的证明机会来了，就这一次。"逢时在他来到这个世界以后总是抽空研究八卦星象，"如果平行世界成立，那么在一定的时刻，两个世界会暂时共存。

"简单来说……就是融合在一起，大概只有三十个小时。"

他忍不住问："你怎么懂这些乱七八糟的东西？"

逢时耸耸肩："以前喜欢这些，大学本来是要选天文或者考古的。"

"我记得你的资料上……"

"嗯，最后学了金融，找了路子出国。"逢时笑了笑,"为了钱嘛，没办法。"

所有的坚信不疑，在他看到自己的公寓焕然一新的软装时变得支离破碎。

那个曾经是他的栖息之所的房间自然也消失了，取而代之的是风格简洁的客房，露台甚至被打通了，让曾经封闭的房间亮堂无比，充满阳光。

他站到玄关，打开鞋柜，静静地看着里面躺着的一双女式拖鞋，看起来很新，但已经拆过封了。

距离下班时间还有两个小时，减去回这个世界的本家临时落脚的一天，他剩下的时间不多，差不多仅有三个小时。

逢时的工牌在这个世界也是能用的，逢时换走了焦有有的电话卡，顺带拦下了裕然会提前结束出差的消息，帮他制造了这段时间的机会。

"去见你朝思暮想的小秘书吧，不过，可别干会犯罪的事啊！"逢时当时半开玩笑地这么说道，可无动于衷的神色看起来与说出口的话不同。

他察觉到逢时在煽动自己，不停地做着心理建设：他只是想见见焦有有，他什么都不会做，他只是……

然而当他真正看到焦有有，听到她在门外流畅地按下电子门锁的密码时，内心有一根绷紧的弦骤然断了。

他用力地打开门，握住焦有有的手腕，把她扯进门内。

"裕……呃！"

失控的裕燃有些粗暴，焦有有柔弱的背部被甩到坚硬高大的鞋柜上。她皱着眉，发出了一声痛苦的闷哼，像是被扼住喉咙的可怜鸟儿，在体格相差甚远的异性面前无力地挣扎。

她艰难地睁开眼，在看清眼前人的瞬间，脸上褪去了血色："是你……"

她苍白惊恐的神情让裕燃心痛得想笑，她太快地认出了他和另一个自己之间的区别，此时碎裂的背叛感都显得可笑。

"你爱上他了吗？"明明她连爱他都不愿意。

"密码都知道，不是第一次来吧？有有……"他用力扣住她的肩膀，柔情蜜意地呼唤她的名字，眼神却疯狂得恨不得将她吞噬，"你们做到哪一步了？"

"放……手……"焦有有仓皇地摇着头，大脑在混乱地尖叫，她试图在情绪绝望的浪潮中稳住自己，"我让你……放手！"

她恨生活要在她觉得一切都步入幸福的正轨时如此对她。

响亮的一巴掌扇在那张在她看来完全不同的脸上。

裕燃好像被这反抗的耳光扇得怔住，下意识地抬手触碰自己火辣辣的左脸。他的唇角甚至被焦有有的指甲划破了，他动了动嘴角，鲜明的痛感传来。

　　焦有有的右手微微颤抖，指尖发烫，还残留着相互作用力带来的刺痛。她的头发在挣扎中全乱了，胸口上下起伏，努力地匀平胸腔里愤怒的喘息。

　　她转身朝门跑去，试图去拉一步之遥的门把手，却被反扣住胳膊，往客厅的方向拽去。

　　"放开我！"她使出吃奶的劲挣扎着，被侧着脸压倒在地毯上时，双眼中仍然是不肯屈服的倔强。她没有哭，甚至没有哀求他停下，现在这副模样，和他记忆里总是会一个人在天台落泪的焦有有相去甚远。

　　又或许他从来都想错了，焦有有和他并不相像。他本以为只有他能理解焦有有的痛苦，以为她的懦弱与他相似，她只有在他的庇佑下才能获得最纯粹的幸福。

　　他伸手钳住焦有有的下巴，强迫她直视自己，随后痛苦又痛快地笑了起来："反正都是同一张脸，你和哪个人都没差吧？"

16.　爱与不爱

　　她会在哪里？

　　公寓？公司？

现在还没有到下班的时间，办公室后面有个私人的休息室，不经他同意，是没有人敢进去的。

还是本家？之前焦有有说过原本锲而不舍的刘特助突然就放弃了联络他的想法。

该死……当时他太不敏感了。

远看着眼前的信号灯即将转红，裕然沉着脸踩下油门，方向盘猛地一打，车子拐向辅路，往没有红绿灯的居民街道驶去。

下一个路口就要决定是先去公司还是公寓，虽然两个地点距离不过十分钟车程，但是对于现在的情况而言，晚一分钟说不定都会让他后悔万分。

脑海里想起曾经看过的满目照片，各种各样的焦有有被禁锢在那些小小的相纸上，唯独没有笑容。

裕然咬咬牙，一脚油门踩到底，掉头拐向公寓。

他把车子甩在路边，平时还算快速的电梯在这种情况下都显得极慢。幸好这种连排的平层公寓的楼层不高，裕然从消防通道上来，眼前出现的是半掩着的门，不稳的气血瞬间翻涌，直接点燃了胸腔里的怒火。

他果断地踹开了门，映入眼帘的景象触目惊心。

焦有有犹如一幅被丢弃在地的油画画像，向来整齐地盘在后脑的长发凌乱，她的挣扎惨烈得仿佛是被剖开了气管的麻雀，在用最后的力气扑扇她脆弱的翅膀。

落难的小鸟看到了他的到来，对着他张开了泣血的喙："裕然！"

一模一样的发音让跪在焦有有的身上，正用双手扼住她的脖子的男人微微一怔，他下意识顺着焦有有目光的方向看去，却被迎面结结实实地打了一拳。

"你还真的是……"裕然对向自己一模一样的脸下手毫无心理负担，提起对方的领子，紧接着又往另一边脸上补了一拳，"阴魂不散啊！"

拳头直接打到肉上的响声是令人牙酸的沉闷，但是另一个自己比裕然想象中要抗揍不少，同源的男人吐掉嘴里的血沫，反手也对着裕然挥出一拳："你才是……阴魂不散……又多管闲事的那个人！"

男人绝望愤怒的拳头毫无章法，裕然反应极快地扣住对方的手腕，顺着他往前扑来的作用力，反手将对方用力地掼到地上，反剪住他的一条胳膊，抬脚踩住他的小腿。

被死死压住的男人凶狠地瞪着这张与自己一模一样的脸："你明明什么都有了……"

裕然皱眉："什么？"

"你明明什么都有了，为什么连她你都要和我抢？"

裕然荒谬地笑出声来："听听你这说的是什么话。"

好不容易抑制住的恼怒"噼里啪啦"地顺着血管重燃，裕然回头瞥了一眼腿软到瘫坐在原地的焦有有。

仅存的理智与冷静让她收拾好了狼狈的自己，默默缩在安全的角落里。白色的衬衫被扯开了两个扣了，腕骨还带着瘀痕的手正颤抖地揪着布料，捂在胸口。

"和你抢？你有把女人……你有把焦有有当个人看吗？"

裕然再一次握紧在打斗过程中擦伤的手，破损的皮肤表面渗出血珠，顺着凸起的骨节落到指尖上："她是什么，你养的东西吗？啊？"

裕然冷着脸补上一拳又一拳，想到了方才映入他眼中的焦有有，拳拳到肉的钝痛都无法阻止他的失控。

　　但凡他晚来了哪怕一秒，或许存在于世间的，名为"焦有有"的画像就会支离破碎，被美化成"爱"的美工刀划伤，体无完肤。

　　与自己相似的脸已经变得面目模糊，鼻腔里流出的血液阻碍了呼吸，男人"嗬嗬"地喘息着，艰难地挣扎着，看起来随时都要陷入昏迷。

　　裕然面无表情地擦了擦溅到脸上的血迹，抬起拳准备补上最后一下时，腰部突然一紧——是焦有有。

　　"别……不能……不能让你……"她还处于巨大的后怕中，嘴唇哆哆嗦嗦，说不清楚话，连紧紧环住他的后腰的双手也在怕冷似的发抖。

　　焦有有控制不住生理性掉泪的冲动，心惊肉跳地努力把话说完："够了……我没有事……不能让你做这种事……"

　　她不希望裕然为自己做出出格的事，更害怕相连的两个世界会因为缺少了其中一人而不稳定地坍塌。

　　温热的泪水浸湿了冬衣的呢料，明明还隔着布料，裕然却有种被眼泪灼伤的痛感。

　　她不停地落泪："裕然……我没事……我们走吧……走吧……"

　　他松开手，想要去揽焦有有入怀，余光注意到自己还在流血的右手，于是脱下外套披在她的肩头，隔着厚厚的布料，揽住她还在颤抖的肩膀。

　　她可怜惨了。他稍稍闭眼，把她往怀里又揽了一把："好。"

　　裕然挽起焦有有。

　　此时大门被重重地打开，看着像匆匆赶来的逢时头发凌乱。

逢时的目光落在裕然的怀里，裕然完全没有抬眼看他的意思，垂着眼，神情复杂地看着攀扶着自己的焦有有，目光里浅浅摇曳着本人都或许没有察觉的怜惜。

逢时自嘲地勾了勾嘴角，想起了很多年前，裕然跟自己说起他收养的麻雀——看起来对所有人都缺少耐心的少年努力学着温柔，去垂怜那只自由的鸟儿。

就像焦有有曾经许愿世界上存在另一个自己，逢时也曾经期待过命运不一样的逆转。

如果那时候他不为了钱去算计一切，如果他选了跟裕然说过的天文学专业，如果他没有在不知不觉中变成另一个陌生的自己，裕然是否还是会愿意叫他一声"学长"？

然而世间从来没有如果。

他与裕然错身而过，弯下腰去扶起地上的那个与他一样，始终学不会如何爱人的男人。

命运的时间只剩下最后一分钟，从此两个本该平行的世界不会再次相交，经由他们的选择，以崭新的开始回归原位。

"我以为他不会做出这种事，毕竟和你不同，他很懦弱。

"他想见她最后一次，而我想见你。"

逢时压低了声音道歉。他知道自己的话苍白无力，看着两人离去的背影，并不期望他们中任何一个人会回头："我们再也不会见面了。"

裕然果然脚步不缓，没有任何停下来的意思，反而是比他矮了一个头的女人犹豫着缓下了脚步。她也没有回头，却伸出手轻轻地拍了拍裕然的脊背。

于是裕然也跟着停下了脚步，但仅仅是站住片刻。

"再见，学长。"

他头也不回地说。

17. 尾　声

"这样会疼吗？"

焦有有捏着消过毒的镊子，小心翼翼地从碘伏里夹出吸饱了药水的棉球，轻轻地点在裕然的手背上。

"没什么事。"表皮渗出来的组织液和瘀青看着触目惊心，但其实裕然没有感觉到太强的痛感，反倒是焦有有皱成一团的眉毛看着可怜又可爱。

她垂着眼仔细地给他上药，就差将他当作怕疼的小孩子，还要往伤处吹上一口气。

裕然稍稍叹了口气，但还是乖乖地把另一只手也递给她："所以你不用露出这副表情。"

"那也得消毒。"焦有有摇摇头，顺手从医药箱里拿出透气的绷带，思考着要不要给裕然简单地缠上一圈。

焦有有低头帮他处理手背上的伤口，弯下的脖颈让她放下的长发分成两拨，柔软地散落，搭在肩窝上。

长期的室内伏案工作让她的皮肤晒不到太阳，因此黑发衬得脖颈苍白，印在她脖颈上的指痕已经消散大半，但仍然刺眼。

胸口有种细密的疼痛滋生，裕然沉默，随后抬手，在焦有有有些茫然的目光中，小心地撩开她一侧的头发。

手指落在她的颈侧，裕然不敢用力，只是虚虚地沿着她的脖颈的线条抚过那道瘀痕。

"对不起……"在焦有有合上药箱的刹那，裕然收拢了手臂，在焦有有"先别用手"的小声抗议中抱住她的腰，将头埋在她的肩窝里，"我来晚了。"

焦有有明白了为什么今晚裕然的情绪一直有些低落，摇摇头，任由他抱着："没有。"

她的说辞像是温柔的劝解，裕然皱了皱眉，将手臂收得更紧，只当作她善解人意，为了自己在逞强。

"其实我很担心……"他感到挫败，难得有些示弱，患得患失的天平让他只有在此刻抱住焦有有才能感到片刻的安心。

他顿了顿，自嘲地笑了一声，改掉了用词："不，我是害怕……我害怕我没能赶上的结果。"

向来威风凛凛的雪豹在小羊的面前暴露他脆弱的咽喉，连毛茸茸的尾巴都颤了起来，述说他的不安。

焦有有的眼眶微微湿润，她扬起一个笑脸，抬起手摸了摸裕然乱掉的头发。

她轻轻地推了推裕然的胸口，他温顺地顺着她的力道离开了些许。

焦有有凝视着裕然的脸，随后双手环过他的脖子，双腕交叠，形成一个脆弱的结。

她望向裕然的眼睛，漆黑的瞳孔中只映出她一人的身影——野生的雪豹被她驯服，只属于她。

焦有有的唇轻轻地印上裕然的额头，蜻蜓点水："你赶上了。"

主动的是她，吻完率先涨红了脸，不好意思到想跑的也是她。

被亲了额头的裕然拧着眉，半是宽慰半是郁闷，只觉得被焦有有当作小孩子哄了。

"别跑。"他扬起眉，抬手拦住焦有有的腰，顺势带着她往沙发的方向倒去。

只不过帅气的姿势止于男主角受伤的手臂，裕然稳稳地撑住，但伤口处传来稍微的撕扯感，他没忍住皱眉，气氛微妙地垮了半分。

老老实实地被裕然抵在沙发与他之间的焦有有眨了眨眼，"扑哧"一下笑了。

裕然故意恶声恶气地命令道："忘掉，刚才不算。"

话音刚落，他也忍不住笑了，松开焦有有，仰头靠在沙发上放松。

焦有有也跟着坐起来，把头靠在裕然的肩上。

她滑开手机看了眼日程表，苦笑着叹了口气："明天还有个临时的月末报告会要开。"

成年人最大的悲伤莫过于：哪怕天塌了，该上的班还是要上。

裕然这下是真心实意地觉得有些头疼："那群组长真是……这个月第几次休息日加班了？让他们开线上会议算了。"

焦有有慢吞吞地开始在工作群里编辑通知："大家都辛苦。"

"焦有有，明天喝不喝咖啡？"

"拿铁，多加糖浆？"

"多加糖浆。"

番 外 过去的，未来的

焦有有有些踌躇地看着眼前的男人……或者说男孩儿，难得感到了些许不自在。

害她坐立难安的罪魁祸首倒是相当悠闲，正饶有兴趣地翻看餐厅的菜单，染得半黑半白的头发无比吸睛，至少周围猛地见到他的其他食客都会悄悄地多打量几眼。

他还穿着校服，这套校服焦有有很熟悉，她高中时念的公立学校也是这身西式制服，相貌英俊的男生和一身西装的职业女性坐在一起，真不知道这个画面在其他人眼里到底会被怎么解读。

裕然真的和她是平行世界的同校校友，焦有有曾经遗憾地想象过在少女时期和他相遇的场景，没想到上天真的听到了她的愿望。

但是老天或许是有点儿耳背，她开玩笑般想象的是少年少女偶像剧一样的相遇，而不是这种看起来有些不合适的搭配。

"为什么不说话？"大概是她沉默的样子看起来太愁苦了，点完餐的裕然毫不客气地托着腮看她，开口就是惊人的话，"你不是说我们是恋人吗？"

"是跟十年后的你，十年后。"焦有有仓皇地压低声音强调道。

成年这么久，她已经很久没经历这种难以言说的窘迫。然而时间倒回十年前的恋人还处于最放肆的年纪，他挑了挑眉，笑起来的样子很坏，就像是电视剧里面那些仗着年纪耍浑蛋的小孩儿。

"都是一个人的话，有区别吗？"他说。

区别可大了。所幸及时到来的菜肴拯救了她的无措，不然焦有有得把头埋进桌子底下。

但晚餐显然不是试炼的结束，而是另一场试炼的前兆。

这家她和裕然常吃的店的意餐如今吃起来味同嚼蜡，焦有有全程僵着脸，试图表现得像正对面这位高中生的长姐——尤其是当他无比自然地拿过她那份餐，帮她把肉排切成小块后。

现在她是比他大的成年人，怎么都不该表现出这种不镇定的模样。然而当裕然毫不犹豫地拉着她的手往前走时，焦有有还是惊慌失措地"破功"了。

"裕然……小然。"她小声地叫他的名字，又觉得叫全名分不出年龄感，不得不改口，学着他的家人叫他的方式，以昵称称呼他。

她的掌心因为紧张一直在冒汗，焦有有忍不住挣了挣，对方却像是故意和她作对一般，用力地反握得更紧。

她窘迫得差点儿结巴："在外面不要牵手好不好？"

"不好。"他们吃晚餐的时间是焦有有下班后，这个点街上的人不多，所以裕然果断地拒绝了她。不过他只是多坚持了几秒便顺从地松了手，往脑后抓了一把黑白对半的头发，语气听不出情绪："不过你这种好像是在当我妈的态度是怎么回事？"

他说得很直白，焦有有瞠目结舌之余，脑海里率先生出的想法是：果然裕然以前的性格跟现在相比要直接很多，面不改色说的话也不知道是捉弄还是挖苦。

"不要叫我小然。"黑白发色的少年回过头来逼近了她一步，他现在的身高已经接近成年时的，面孔却分外年轻，冷淡地俯视着焦有有。

他见她故作镇定的神情，忽而又笑了，露出洁白的虎牙："不然我也会叫你小焦姐姐的。"

焦有有的表情管理有了失控的迹象："请不要这样……"

穿着通勤装的职业女性对着一个高中生说敬语，逗得裕然忍俊不禁。他笑得肩膀都在发抖，染过且分外蓬松的头发因为笑意发颤。

"你怎么这么不自然啊？"他好不容易止了笑，顺手从她的肩上钩走了装着笔记本电脑的托特包，懒洋洋地反手拎到背后，"难道我们以后就是这么你来我往地互相客气吗，'女朋友'？"

他单肩挎着的背包和一看就是成熟女性才会使用的中号通勤手袋碰到了一起。

"我送你回家。"这个画面加上他故意的称呼实在是有些不合适，焦有有移开视线，不敢接他这个话茬儿。

我十年后才是你的女朋友……焦有有很想这么对他强调，但她已经在短短的相处中意识到这个年纪的裕然性格更加外放——她越是表现得在意，他便越要得寸进尺地逗弄她一番。

她回想起交往后裕然似笑非笑的神情。他看着高傲又冷淡，但偶尔又会像调戏小羊的雪豹那样，就是想看她手足无措地投降。

原来那种性格是他从小就养成的……焦有有在心里摇摇头，嘴角却不知为何地往上勾了勾。

坐在副驾驶座上的裕然窥见她的神情："突然这么笑，是想到了什么？不会是想到了十年后的我吧？"

他这么直接的话惹得焦有有险些咳嗽起来，她绷着脸打正方向盘，镇定地调整导航，感觉还是不要承认比较好："我什么也没想。"

"什么也没想是不会又叹气又笑的。"这个格外鸢儿坏的男生无所谓地耸耸肩，"承认想到了男朋友也没什么的，'女朋友'小姐。"

幸好焦有有已经在职场里修炼出了面不改色的本领，车内昏暗，也看不到她现在已经臊红的后颈。她深觉自己被裕然看穿了外壳下的本质，所以哪怕他现在小她十岁，他的态度仍然如此。

正好车子已经驶入裕家所在的别墅区，焦有有在不远处的路边停好车，拉起手刹，本着维持身为大人的威严，焦有有转过脸看向正在解安全带的裕然，头一次反击道："至少想的不是还要穿校服的高中生小鬼。"

但跟她料想的相反，裕然一点儿反应都没有，黑白发色的少年麻利地解开安全带，肯定似的点了点头："嗯，确实。"

"对于你来说，现在的我确实只是个小鬼罢了。"他注视着她的脸，慢慢道。她低估了不会屈服于那种家庭关系的裕然——他拥有无坚不摧的心。

随后他抬手拽住她雪白的衣领，稍微用力，让她猝不及防地往副驾驶座的方向倒去——一个吻印在她的额头上。

"你！"焦有有涨红了脸，想要推开他，但裕然先松了手，果断地钻出了副驾驶室，"砰"地关上车门，只是透过落下的车窗看着她。

"至少接下来，稍微想着现在的我一点儿吧。"他轻松地挥了挥手，毫不拖泥带水地转身离开，"拜拜，'女朋友'。"

焦有有愣愣地捂着额头，触感还残留在肌肤上。她呆了很久，半晌，红着脸长叹一声，将头轻轻地抵在方向盘上。

…………

焦有有醒来的时候感到一阵腰酸背痛。她迷茫地睁开眼，艰难地伸了个懒腰，面前的显示屏已经进入了睡眠模式，她唤醒电脑后，右下角的时间显示她在家加班时不慎睡着，幸好只睡了十几分钟。

她起身去开放厨房泡了一杯咖啡，嗅着咖啡机运作时散发出的豆子香气，忍不住捂住脸：怎么会做那种梦？……

从书房出来的裕然正好撞见她羞耻又头疼的样子，有些疑惑："你怎么了？"

焦有有放下手，顺带也帮他泡了一杯："没有，刚才不小心睡着了，做了个梦。"

"噩梦？"

罪魁祸首就是你。

"也不算噩梦……"焦有有把马克杯递给他的时候，看着他的眼睛，想了想还是改口，"是你的错。"

焦有有的眼神罕见地带着埋怨，裕然看得出来。她单手捧着属于她的马克杯，倚在开放厨房的料理台前。

静静等待猎食者上前捕获的小羊像是一个陷阱。他笑了笑，倒是顺着她的意愿靠近了一步，空着的左手撑在料理台上，把焦有有圈在让她动弹不得的方寸之地里，稍微俯下身，近得彼此的呼吸都足以交换："好啊，看来焦秘书是想责备我了。"

这是个只要换个角度就能吻上的距离，他偏偏停下来，专注地盯着焦有有琥珀色的瞳孔。

小羊知道这是雪豹的游戏，在这方面她每回都节节败退，最后溃不成军。她的耳朵已经红了，所以她顺从地闭上眼，喜好自便，全凭心意。

一个吻即将落下，她手疾眼快地捂住了裕然的嘴。

"好了。"她的脸现在终于烧了起来，"这个就是……责备。"

被捂着嘴的裕然挑了挑眉。

"我继续去忙，你也去。"难得漂亮的反击，焦有有不愿恋战，见好就收。

她故作镇静地和他对视，心里倒数了"三、二、一"，见他乖乖地定住了动作，才慢慢地一点点松开手指。

她的掌心里却传来一触即收的濡湿的感觉。

焦有有"呀"了一声，触电般地缩回手。

"责备完了吧，焦秘书？"她差点儿整个人都贴到了料理台的壁橱上，裕然似笑非笑地扫了她一眼，端着咖啡，像是什么都没做一样走了。

"真是……"焦有有站在原地，用左手背贴了贴发烫的脸颊，长长地叹了口气，"大的小的一样坏。"

（完）

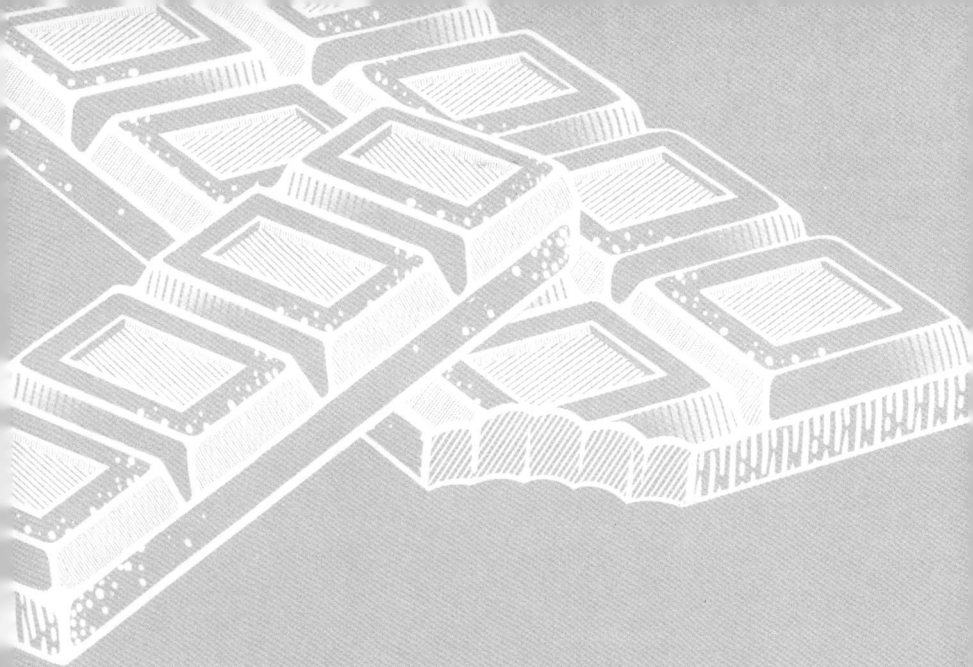

我的英雄

荒火与恒星落于她心里.

01

江星礼感到一阵心悸。

这阵心悸更类似于一种让她目眩神迷的混乱，好像梦回幼年的夏天，她被水淋了个透，出门前母亲帮她扎好的羊角辫也因为被其他孩子捉弄而变得一团糟。

只不过她现在的模样有别于年幼时——此时的她已经成年，但茫然与无助仍似当年。

被水浇湿的江星礼站在原地，两只手紧紧地攥住了湿得能拧出水的裙摆。她红着眼眶，眼睁睁地看见卓定毫不犹豫地脱掉了他的上衣。

他的背从肩胛骨到腰窝一路线条流畅，他反手拽掉卡在胳膊处的卫衣，微微躬起的背犹如雪豹狩猎时隆起的脊背，生机勃勃、野性难驯。

那件卫衣朝她兜头罩下。

宽大的卫衣将她包裹，遮挡住了她浑身湿透的狼狈相。卓定的脸色不怎么好看，他拧着眉毛，臭着一张脸帮她扯好了衣服上的褶皱，动作笨拙，看着粗鲁，但力道出乎意料地温柔。

"江。"

听到卓定的呼唤，她茫然地抬头，望向他漆黑的眼睛，无端地被卓定的目光慑在原地。

江星礼说不出这种心脏"怦怦"直跳的震慑感，有鼓点自她的心底响起。她低下头，想跟卓定说一声"谢谢"。

在她正要启唇的刹那，放在枕头边的手机准时振动，设定好的闹钟吵闹着，催促她起床去上早上 8 点钟的课。

江星礼睡眼朦胧地睁开眼，伸手滑掉闹钟，睡蒙了的脑袋足足缓了两分钟，才慢吞吞地运作起来。

那原来是梦。

02

当蒂亚斯女神星绕过主星公转一周，位于北部天空最上方时，便是蒂亚斯历新的一年。镶嵌在腕表盘上的终端芯片静音运行，江星礼往下滑动翻看着日历，年终的考试已经迫在眉睫，而她的结课论文还停留在开题的阶段。

班级里另外的同学看起来都游刃有余，江星礼停下打字的手，揉了揉发胀的太阳穴。相比之下，第二基因是 β 的她在学业上显得更为吃力。

在以生活科学发展领先的蒂亚斯主星上，人类被分成三六九等。第二基因的研究发现改变了主星人类的构成，除去男女性别，根据第二基因，人类被分作 α、β 和 Ω 三个等级。

江星礼的第二基因为 β——在这个世界，占据庞大人口的百分

之八十的 β 。

第二基因为 β 的人类在社会里充当了工蜂的角色。江星礼与她的同类无异，智商、身体素质停留在平均水平，非常符合这个社会对于这一基因拥有者的定位：不上不下，不好不坏。

如此这般，她的一生似乎在她这个年纪便已能被一眼看透——她只要勤奋努力，维持目前尚且算是优秀的文化课成绩，就能在大学毕业以后顺利地找到一份还不错的体面工作。再往后，她或许会和自己的父母那般，按部就班地找到一个适合她的、拥有相同第二基因的伴侣。

"喂，江，回神了。"

一直放空走神儿的江星礼的视线范围内突然出现了一只手，骨节分明的手指很是不耐烦地敲了敲桌子，拉回了她的思绪。

会这么以姓呼唤她，听着倒也意外亲近的只有一个人——她的竹马。

江星礼回过神来，视线上移。

对方的容貌可以称得上非凡，哪怕不知道他的第二基因，也能从他这般英俊到晃眼的皮相和连每根手指都能看出微妙英气的骨架中看出——他绝对是个 α 。

"对不起，小定……啊，卓定。"江星礼下意识地用了更为亲近的昵称，随后因卓定瞬间变得别扭的神情而改口，"最近刚好结课，太忙了，几天都没睡好。"

"是吗？"她的竹马并不在意她走神儿的原因，回话的语气淡淡的。

卓定伸出手，把桌上那杯放了一小会儿的热榛果巧克力推到了她的面前："喝。"

江星礼愁眉苦脸地盯着这杯还在冒着热气的东西。

而一脸凶相地盯着她的青年格外地有耐心。他漫不经心地支着一双被迫收在小小的双人桌底的长腿，有一下没一下地滑着通讯终端的显示屏，一目十行地看着校园论坛上无聊到极致的帖子，完全就是一副她不喝完不会作罢的架势。

江星礼其实不喜欢喝甜的。

但这是卓定雷打不动的请客惯例，她向来不会驳了他的面子。

于是她端起杯子，小口小口地呷着这杯热腾腾的巧克力。微苦的甜味矛盾地在她的味蕾上绽放。江星礼眯起眼，透过杯口上方的空隙，看到卓定正托着腮望向她。

江星礼喝东西的姿态很文静，几乎可以说得上是安静顺从。喝到最后，她微微扬起下巴，杯中的液体终于在缓慢的闲聊时间里消耗殆尽。

坐得差不多了，卓定买完单后顺手拎起她的包，很是随意地低头瞥向走在自己身边，矮了自己将近一个脑袋的江星礼："怎么样？"

这个问题也是雷打不动的。

江星礼不明所以，但习以为常。于是她默默地回味了一下口腔里那股一时半会儿消不掉的巧克力味，给出了一如既往的回答：

"挺好喝的……谢谢你，小定，总是你请客。"

03

江星礼是在 8 岁的时候搬到帝都区的。

帝都区是蒂亚斯主星上最繁华的一个片区，此地的常驻居民以第二基因为 α 的人种为主。基因上的优越使得这个人种大多身居高位，担任要职。其他第二基因的人想要挤进这个圈子并不容易。

放眼帝都区，江家只能算得上是不入流的小暴发户。但为了给女儿江星礼更好的教育以及未来可能拥有的更好的人脉资源，江父、江母咬咬牙，决定从舒适的边陲区搬出，带着江星礼搬入现如今居住的小区。

"星礼，爸爸妈妈的第二基因都显示为 β，所以你大概率以后也会和爸爸妈妈一样。"江星礼的母亲在搬入新家的第一天便如此叮嘱了她。

第二基因显性的年龄是生长期的 15 岁，这道分水岭是一些孩子重生的机会，哪怕遗传学的规律已经普及至每家每户，但仍然有一些父母对子女寄予厚望，希望他们能够代替自己圆梦，实现不一样的人生。

但江星礼的母亲与这些父母不同，她是个本分现实的女人，眉宇间总是带着一丝化不开的忧虑。

她并没有思考女儿或许有其他可能的未来。因此她蹲下来，拉住女儿柔弱的双手，平视女儿，轻声细语地叮嘱道："所以，无论遇到什么样的小朋友，我们都要表现得礼貌、亲切一些，知道吗?

"要合群，星礼。爸爸妈妈作为 β 在这个社会安身立命的根本无非就是足够合群。"

她必须合群——江星礼已经在无形中被规划进与父母相同的未来里。

江星礼轻轻地"嗯"了一声:"我知道的,妈妈。"

果然,她的回应让母亲露出了满意的笑容。

"听说这个社区有很多出自 α 家族的孩子。"江星礼感觉到母亲抬手抚了抚自己的脑袋,"星礼是最讨人喜欢的乖孩子,一会儿出去认识新朋友的时候,能做到让那些小朋友带你玩的,对不对?"

"我会努力的。"江星礼点点头。

她早慧,大概能理解母亲的五分用意:"可是妈妈……"她想到了什么,有些犹豫地问道,"如果他们要做不好的事……我要去阻止……吗?"

江星礼抬眼,声音却在母亲的目光下越来越弱。

"对不起,妈妈。"她条件反射地低下头,嗫嚅道。

"妈妈没有生气。"江星礼听到母亲的一声叹息,随后母亲将她抱进怀里,顺着她的脊背轻拍了几下,带有安抚的意味,"有正义感不是坏事,星礼。

"可你……还是孩子。星礼,你现在可能还不能够完全明白妈妈的意思,但是先听妈妈的话,好吗?

"这个问题回来再和妈妈讨论。"女人低下头帮女儿整理好裙子,随后站起身,扶着江星礼的肩膀,轻轻地把她往玄关处推了推。

"先去认识一下新朋友吧,星礼。"

04

这个小区的孩子王给人的感觉很是霸道。

一般来说，会给人带来这种感觉的小孩子，多数会在长大后第二基因显示为 α——虽然第二基因的变化年龄在 15 岁，但是种种生理迹象早就会在生长期内隐约区分人与人。

比如一个小区中，充当孩子王或是在群体中担任下令的领袖角色的孩子，大概率日后的第二基因会显性为 α——这些孩子基本身体健壮、素质过人，哪怕第二基因显性为其他，也会是脱离了群体工蜂角色的佼佼者。

会趋利避害、选择追随领袖角色的孩子往往是 β；而会被他们欺负的身体瘦小的孩子，则大概率是 Ω。

"新来的是吗？"

这个孩子的第二基因明明尚未发育成熟，却已经拥有了一些高等基因人种才会有的傲慢。

对于自报名字的江星礼，作为孩子王的男孩儿只是摸了摸下巴，绕着神色有些紧张的江星礼转了一圈，甚至懒得叫她的名字。

"虽然想说可以收下你当小弟，但是女的当小弟很弱啊……"男孩咂咂嘴，拽过江星礼的手腕，一把撸起她的袖子。

"好瘦！以后不会瘦得第二基因都测不出来了吧？"男孩儿捏着她的手腕夸张地调笑道。

察觉到脸色发白的江星礼试图把手缩回去，他下意识地握得更紧。

在这个年纪谈及第二基因是相当令人羞耻的，他的话算是小孩子之间带有欺辱意味的玩笑，周围众星捧月似的围着他的另外两个孩子也跟着嬉皮笑脸地起哄：

"现在讨好我们老大的话，以后测不出来还可以找他罩你哟！"

"好了好了，你们不要吓她。"明明事情因他而起，但男孩儿毫无自觉。

他假意凶了一下自己的小弟们，把江星礼拉到自己身边，一手松松地钩在她的肩膀上，强迫她抬起下巴看向自己："我叫褚夏，要好好记住老大的名字啊，星礼。"

江星礼有些不自在地想要从男孩的手中挣脱，无奈对方禁锢得结实。她垂下眼，睫毛因为褚夏横蛮的行为微微发抖："褚夏。"

"嗯。"褚夏挺愉快地应下，扯了扯江星礼的羊角辫，对江星礼不反抗的态度很满意，"我会罩着你的，我也知道你专门过来和我们打招呼是因为什么。"

阶级在孩童的时代便已经悄然开始划分，虽然尚不明显，但聪明的孩子能在第一时间察觉到自己属于哪方，或者该寻求哪一方的认同。

"那么，作为见面礼，我送你一个小礼物吧。"褚夏笑着对江星礼这么说道，"是很难得的玩具。"

"玩具"这个词应该另有深意，另外两个原本不怎么主动出声的孩子突然就活跃了起来。这两个孩子也都是男孩子，一个是圆脸，另一个脸上带着点儿雀斑。

两个孩子没有向江星礼介绍他们的名字，江星礼只好心里默默地以"圆脸"和"雀斑"为代号记住他俩。

"是啊，江……江星礼。"江星礼的名字有点儿拗口，圆脸念起来有点儿艰难，但即便如此，他还是凑了过来，积极地附和道，"老大的玩具，非常——有趣。"

"嗯……你会喜欢的。"雀斑跟着点头。他是三个孩子里最瘦弱的，面对同样瘦弱且性别为女的江星礼，他似乎是本能地感觉到了一种弱小的亲切。

雀斑不露痕迹地凑到江星礼的耳边，以比蚊子叫没大多少的音量快速地丢下一句："就算不喜欢……也要装作很高兴的样子。"

江星礼一颤，忍住了想要扭过头错愕地回视雀斑的冲动。

05

江星礼很快就明白了雀斑的意思——

"有趣的玩具"是一个不合群的孩子。而他们与他玩耍的方式便是欺凌他、羞辱他、拿他取乐。

出门前和母亲的对话像一把小锤子，重重地砸在江星礼的心底。她白着脸站在三个男孩儿的身后，手上抱着一根细细长长的软水管。

水管太长，她抱着吃力。但这个年纪的孩子并没有怜香惜玉一说，他们尚未了解第二基因的真相，男女性别在他们的眼里形同虚设。褚夏并不在乎江星礼是否拿得动过于沉重的水管，随手就把这根软管丢到了她的怀里，水管上的污泥蹭脏了她白色的连衣裙。

她几乎发不出任何声音，只是僵硬地注视着这场孩童间的暴行。

她看着褚夏将那个看起来和她一样瘦弱的男孩儿摁进了沙池里，

戏谑地抓起沙子撒在了男孩儿的头上。

如果被摁在沙地上的那个是她的话——江星礼脸色苍白地想——如果是她的话，她第一时间就会哭着求饶了。

那样很懦弱、很可耻，但没有办法，她已经学会如何在更大的伤害发生之前最大限度地止损。

"那家伙也是新来的，比你早点儿，上周吧。"

雀斑不知何时站到了她的身旁，同样安静地注视着那个孩子反复挣扎，又不断被褚夏压在沙池里，被摁着脸不能动的身影。

雀斑没什么情绪地对江星礼吐露男孩儿被如此欺负的真相："他不肯服褚夏。"

只不过相较于她的惊慌和脸色惨白，雀斑的眼神很平静，江星礼甚至从里面读出了庆幸的情绪——为自己暂时不会成为这样的玩具而庆幸。

"这小子挺抗揍啊！"圆脸的小胖子蹲在沙池边，兴致勃勃地看着褚夏很轻松地就把那个瘦弱的小子按得动弹不得，难免也有点儿跃跃欲试。

褚夏似笑非笑地瞥了一眼圆脸："是比你抗揍。"

"老……老大。"圆脸打了个哆嗦，赶紧笑嘻嘻地往后挪了好几步，退到了江星礼和雀斑这边后，抬起小胖手劫后余生一般地摸了摸自己的心口。

打发走了小弟，褚夏揪着男孩儿的衣领子把他从沙池里拎起来："我说卓定啊——

"跟我说一句好听的话很难吗？"

小孩子的恶总是会被他们用纯真的口吻轻松地说出来，褚夏威胁人的时候甚至有些疑惑，像是对于卓定奇怪的固执深深地感到不解。

"什么是好听的？"被攥着领子提起来的卓定有些呼吸不畅，艰难地露出一个不屑的笑来，"就像你对我说的那种吗？'废物'？"

"好啊，这句话还给你，褚夏。"他在褚夏越来越冷的眼神里一字一顿地道，甚至咳嗽着撇过头，往地上吐出了嘴里的沙子，"废——物——"

褚夏脸上的笑容消失了，他面无表情地松开手，任由卓定狼狈地跌坐在沙子上，随后抬脚狠狠地踩在卓定的小腹上。

"看来是嘴巴太脏了，说不出好听的话。"褚夏用力踹了一圈，但卓定忍着没哼一声，让褚夏有些不满地咂了咂嘴。

"不过没关系，幸好我很体贴，早有准备，帮你漱漱口。"

褚夏身旁的圆脸极其会看眼色，不用褚夏发话下令便早早就殷勤地跑到了裸露在外的花坛水龙头处，比了个手势示意随时可以开始。

"水管。"褚夏回过头，朝江星礼招了招手。

江星礼猛然回过神来。

她一直低着头，不想看沙池里的情况，但褚夏的话让她不得不抬头。

但她没想到，那个被踩住的孩子居然也同时看向了她。

卓定拥有一双与她相似的漆黑眼珠，倔强地撑在沙池里看她，眼里有着她没有的不驯。

她的心跳快了起来，小锤子再一次砸向她的心房。

去做？不去做？江星礼下意识地抱紧了怀中沉重的软管，定定地看着褚夏，而褚夏也在审视她将会如何表态。

半晌，她居然后退了一步。

褚夏因她这个动作笑了起来："江星礼，水管，给我。"

06

"你很笨啊，为什么要帮我？"

浑身被浇得湿漉漉的、头发里还卡着沙子的卓定僵硬地看着坐在单杠上哭的江星礼，手足无措的样子看起来比刚才挨打时更笨拙。

他想要伸手拍一拍江星礼哭得一抖一抖的脊背，伸出手后又忽地收回，最后只能闷闷地撑在金属材质的单杠上。

他担心自己的手会弄脏了她白色的连衣裙——虽然那条裙子已经在褚夏的捉弄下沾满了沙子和恶作剧的手印，布料可怜地吸饱了水分。

"你刚才乖乖听那个家伙的就好了呗。"不知道该搭在哪里的手伸出去后又绕了一圈，最后卓定无措地挠了挠头发，后半句的音量微妙地越来越小，反倒像是在嘟囔，"反正我也不会怪你，你和另外那两个小子是被逼的嘛……"

一直在无声掉眼泪的江星礼因为卓定的这一句话抬起了头。她看向他："欺负人是不对的。"

"哦，原来是因为正义感。"卓定握住单杠的双手用力一撑，年幼的身躯灵活地翻上单杠。

卓定和江星礼并排坐到一起，他凝视着下方变得一片狼藉的沙池——他搬来这个小区已一个星期有余，因为和褚夏结下了梁子，没少在这里挨欺负。

但今天卓定觉得自己的心情格外不错："总之，今天谢谢你了，江星……呃，江星礼。"他也和圆脸一样，说她的名字时有些拗口，"还有……对不起。"

卓定当然知道褚夏领着江星礼过来找自己的原因：如果她能在那会儿安静顺从地递上水管，就能彻底地被褚夏接纳进团体。

但江星礼的重点不是这个，她侧过脸看向卓定，被淋湿的头发黏在她的脸侧，瞳孔稍稍变大，对于卓定能叫出自己的名字这件事感到惊讶："你知道我的名字？"

"那小子叫你的时候全世界都听到了。"提及褚夏，卓定嫌弃地撇撇嘴，却同时想起当褚夏伸手问江星礼要水管，这个瘦弱得可怜的女孩儿居然拒绝的场景。

原本想撇的嘴角终究是抿了抿，他轻咳一声，转开了视线，不好表现得有些高兴。

江星礼了然，抬手别了别自己湿漉漉的鬓角，不好意思地垂下眼，盯着自己晃荡的鞋尖："可我还不知道你的名字。"

"卓定。"他伸出手递到了她的眼前。

他脸上还有伤痕，但是眼神没变，仍是让江星礼做出了维护他这个决定时的那个眼神——是荒火燃烧，是恒星炸裂，不服输，刺目但让人向往。

"虽然现在这么说没什么可信度。"卓定盯着她的眼睛，一字一顿地道，像是老电影里年少的英雄在对女主角许下郑重的诺言，"江星……不是……江礼……啧，算了。"

"江。"承诺的誓言险些止于男主角一直叫不好她的名字，卓定索性直接用了她的姓氏，漆黑的瞳孔望着她的眼睛，"以后，我来保护你。"

荒火与恒星落到了她的心里。

江星礼握住他的手。

07

卓定把浑身湿透的江星礼带到了自己家里。

在这种情况下，唐突地到访刚认识的朋友的家里，江星礼难免不安起来。她紧张地跟在卓定的身后，双手紧紧地攥着连衣裙的裙角："打扰了……"

"没事，你自在点儿。"卓定看她胆战心惊的样子有些失笑。

他拉着江星礼直奔自己的房间，给她指了坐垫的位置以后，皱着脸在自己的衣柜里翻找合适的衣服，顺势回过头向她解释道："我爸妈这个点不在，你放心好了。"

他们不在的话，也就是说……

江星礼匆匆低下头来，正想说点儿什么，卓定便往她手里塞了一套藏青色的运动服："拿着。"

甚至连生长期都没到的两个孩子彼时身高相仿，所以卓定便找了一套自己的运动服给江星礼。

"你先穿这套吧。"他随手一指在卧室拐角的卫生间，说话间已经麻利地顺手把自己湿透了的上衣扒了下来，"然后把身上的衣服脱下来给我，洗干净以后我帮你拿去烘干。"

这个年纪的孩子确实没有讲究什么大防的必要，但视线里猝不及防地出现了卓定外露的脊背，江星礼下意识地抱紧怀里的运动服，紧紧地抿着嘴唇转过身去。

"还不去换衣服吗？"所幸害她脸红的始作俑者没有察觉到她的羞赧，疑惑地凑到她的身旁，在江星礼慌张的目光中有些不解地向她指了指卫生间的位置，"你这是什么表情？"

"没什么。"江星礼扭过脸躲避卓定的视线，抱着衣服慌不择路地躲进了卫生间里。

好在待她换好衣服出来以后，梗在心里的扭捏已经消去了大半。

虽然她和卓定身高相仿，但男孩子的骨架还是要比她的大上些许。卓定的运动服穿在她的身上有些晃荡，江星礼弯下腰挽起垂坠的裤脚，回到卓定的房间。

听到脚步声，正抱着终端平板滑动的卓定扭过头来看她，脸上最显眼的一处擦伤也已经处理妥当，贴上了一个卡通图案的创可贴。

"换好了？"

卓定比她想象中的要会照顾人，或者说有礼貌，她换好衣服走进卧室里时，看到地毯中央的矮桌上已经倒好了两杯水。

"嗯，谢谢你的衣服。"江星礼点点头，小心翼翼地坐到了软绵绵的坐垫上，心里思考着一会儿回家要怎么跟母亲解释自己衣服的情况。

"烘干十分钟就行，不着急吧？"和她无处安放的不自在相比，卓定看起来要随意很多，或许受伤对他来说已经是家常便饭。

"喝。"他把其中一个马克杯塞到了她的手里，以为她是急于回家才显得有些不安的。

江星礼"嗯"了一声，没有接着说话。她只是捧着马克杯，垂着脑袋默默地把玩着杯柄。

二人一时无话。她抬起眼，正好跟托着腮盯着自己的卓定对上视线，画着卡通玩偶涂鸦的创可贴在他略微显凶的脸上显得有些好笑。江星礼欲言又止地看了看可爱的创可贴，反而是卓定先耸了耸肩，撇撇嘴抱怨："我妈的审美……家里只有这个。"

江星礼没忍住笑了出来。见她笑了，卓定好像也松了口气，托着腮帮子注视着她的笑脸："你笑起来比愁眉苦脸的时候好看多了。

"别担心。"同为被欺负的伙伴，经验比她更丰富的卓定当然知道她这种乖乖女在担心什么，他把玩着马克杯的杯柄，空了的杯子轻巧地在桌子上转了起来，"裙子上的印子我已经帮你洗掉了，一会儿原样回去，你家里人看不出来的。"

江星礼再次笑起来。手捧马克杯，坐在坐垫上的她周身的氛围看起来十分安逸，显得她的笑容都格外绵软。

"谢谢你，小定。"她细声细语。卓定好像对这个称呼适应性不够良好，但还是在她的目光下勉强接受，不太情愿地点了点头。

其实卓定家里的洗衣液有种轻飘飘的香气，和她家的不同。

妈妈或许闻得出来，江星礼想。但不知为何，她感觉一直紧绷的身体终于放松下来。

08

自那以后她便经常和卓定在一起。

在生长期到来之前，褚夏时不时还会经常找她和卓定的麻烦。

卓定遵守着对她许下过的承诺——

将那句话的认知定位为承诺是多么让江星礼动容的一件事，她其实一开始只觉得那句话就是弱者之间的相惜：那是卓定对她的安慰，甚至说不定这只是一句有些好面子的话罢了。

可卓定是认真的。

最严重的一次，他们直接打到了家长的面前，原因是在乱作一团的扭打中，褚夏恼羞成怒，失手用石头砸破了卓定的额头。

小孩子过家家式的打闹再恶劣也不敢做到流血的程度。因此，当刺眼的血液滴在泥地上时，额头上鲜血直冒的卓定直接吓坏了正在望风的两个小跟班。

"小定……"同样灰头土脸的江星礼鼻头一酸，眼泪差点儿流下来。

卓定抬手捂着破了一个口子的额角，用力地擦了一把淌到脸上的血，还用另一只手把江星礼拦在身后："没事。"

圆脸惊慌失措，差点儿瘫坐在原地。还是雀斑率先反应过来，快速地看了一眼惨白着脸、用自己的衣服擦拭卓定额头血迹的江星礼，推了一把还没反应过来的圆脸："看着点儿。"

"你去哪里？"圆脸下意识地攥住他的手臂，开口时急得差点儿咬到舌头，"你疯了？你要是去告诉家长的话我们都会完蛋的！"

"你看现在这样子，我们能自己收场吗？"一直都有些阴沉的雀斑也提高了音量。

圆脸一哽，便讪讪地松开手上的力道。

雀斑抽出手臂，头也不回地朝住宅区的方向跑去。

09

褚夏被他的母亲按着来道歉。

褚夏的母亲血统高贵，听说她的家族大多是第二基因为 α 的人种，稀罕得要命。这种家族培养出来的精英世故，哪怕面上彬彬有礼、进退有度，可给人的感觉仍然有点儿居高临下。

对比之下，江星礼轻而易举地察觉到了母亲的不安。只不过在受了委屈的女儿面前，母亲仍是摆出了较为强硬、客气的姿态。

"令爱非常可爱。"褚太太注意到了站在一旁的江星礼，稍稍弯下腰，以一种亲切又不冒犯的社交辞令称赞道，"小夏是个相当喜欢可爱事物的孩子，而家里对他多有溺爱，难免把他娇惯得有些霸道。"

她说谎……

"我听小夏说了，你叫星礼对吗？"褚太太伸出手抚摩江星礼的头发，一触即离，"请你原谅，说不定这孩子有些粗鲁的举动只是太想吸引你的注意罢了。"

她说谎！

随后，褚太太直起腰，礼貌又颇为强硬地看向江星礼母亲的眼睛，也恰到好处地递出带来的致歉礼："当然，无论事出何因，我们明白孩子做出这种行为是错误的。希望您能够接受我们的歉意，这个孩子做了错事，给您与令爱都添麻烦了。"

她顺势推了推褚夏的背部，原本一直别着脑袋在走神儿的褚夏得了母亲的眼色，话音刚落便谦逊地低下头来，掷地有声的道歉声倒让江星礼的母亲不好意思起来。

江星礼看着褚夏在他母亲的掌控下变得难得乖巧的样子，只觉得一阵隐隐的怒火堵在胸口。

褚太太递过来的纸袋上印有奢华的烫金标志。江星礼悄悄地观察母亲的脸色，发现母亲在短暂地惊讶了一瞬后，原本不满的表情已经缓和至温和了。

这个人真是巧舌如簧。江星礼忍耐着，头次生出冒犯陌生的长辈的想法。

她在心里大声地呐喊：你不该来找我道歉，你应该去看望被你儿子打伤的卓定！

可她只能顺着母亲按住自己脊背的力道，温顺地低下头来，选择原谅褚夏。

10

生长期到来的速度比江星礼想象中要快很多。

身体在日渐变化，她长高了些许，但也没长得那么高——相比起卓定那让人惊叹的长高程度，她变得纤长的四肢仅仅只是勾勒出了她单薄的少女身形。

江星礼逐渐习惯了需要稍微仰起脸才能和卓定对话。

但即便如此，卓定每次看过来的视线都是与她持平的。在察觉到她在仰视他时，卓定便会稍微猫着腰，像幼时那样与她平视着。

与身体变化同时袭来的，还有人际关系的改变。

褚夏已经不会来找她与卓定的麻烦了。

说来也可笑，在卓定的身体逐渐脱离幼年瘦弱的模样，越发接近所谓成年的姿态时，褚夏很快便表现出了一种类似于接纳同伴的情绪来——哪怕他和卓定其实算是从小打到大的死对头。

当然，褚夏对她的态度也有所变化。

在年少时便能从姿态中窥出的隐忍性格在江星礼长大后表现得更甚，而她的这种特性在第二基因为 α 的人看来，是带有那么点儿惹人怜爱的意味的——善于忍耐、寡言、懂事、听话、不出格。这些词对于 α 人种而言都不算什么好词，但可笑的是，他们喜欢这样看待其他基因的人种，并将之评判为"褒义词"。

歧视是自上往下的，而怜弱也是。α 会被教育要对另外两个基因的人种有风度。

这样的变化会产生一个非常耐人寻味的现象：童年时欺负人最狠的孩子，往往会在 15 岁过后脱胎换骨，变得风度翩翩。当年被欺凌的孩子也不再是他们眼里的弱小的代名词，而是可爱的、柔软的，需要以礼相待、用心保护的东西。

因此，尽管江星礼在学校里的大部分时间会无视褚夏，但对方对此似乎并不介意，每次见到她都会笑眯眯地打招呼，她的冷脸似乎起不到什么作用。

"喂，江星礼——"

只不过次数多了，向来都被捧着的褚夏多少也有点儿郁闷，拦下正准备换条路走的江星礼，脸上挂着的笑很衬他遗传自父母的优秀外貌，但是看着总归有点儿盛气凌人，不怎么温和。

"我没做错什么事吧？"褚夏有些不解地皱起眉头，"我和你好歹也算童年玩伴，完全不理我是不是太过分了？"

江星礼不喜欢褚夏若无其事地把小时候的事揭过的样子，这让她想起来他不走心的道歉。

她至今都记得他那聪明的母亲是如何轻描淡写地把他的所有行为都合理化，将其描述成她的原罪。

他甚至至今都未向卓定道歉过。

"令爱非常可爱。

"这孩子有些粗鲁的举动只是太想吸引你的注意罢了。"

…………

欺凌被包装成喜爱的糖果，就好像褚夏做的所有事都只是不善言辞的男孩儿在引起感兴趣的女孩儿的注意。

而最让江星礼难过的是，自己的母亲居然接受了这番说辞——

她怎么可能感觉不到母亲的那个刹那强行按捺住的暗自欣喜？

这段不堪的过往再次涌上脑海，江星礼感觉自己胸腔里的心跳在逐渐加快，她深吸一口气，随后抬眼撞上褚夏的视线，就像是食草的小动物突然鼓起勇气要和猎食者对视："我和你不是童年玩伴。

小定才是，你不是。"

她抿了抿嘴唇，绕开一脸错愕的褚夏，抱着课本与他擦肩而过。

"以前的事对我来说，只是你单方面在霸凌我们而已。"

11

15 岁的生日悄然而至。

被命运抉择的那一天，江星礼照常正在上课。身形单薄的少女有了发育的雏形，她抬起头眯眼，记录滚动着的虚拟屏上的授课内容，视线却越发模糊。

从出生睁眼后，蒂亚斯女神星绕过主星公转十五周的时间里，江星礼一直都是无可挑剔的好学生。

她不是最好的，但努力做到最好。

因此站在这道名为"15 岁"的命运之坎前，她第一次感到了一丝不甘心的迷茫：穿过那道门的鲤鱼都化作了应龙，但无人知晓那些没有跃过龙门的鱼儿该如何。

眼前越来越黑，她在课上晕了过去。而卓定找到她的时候，她正躺在校医室里输液。

"江星礼！"她那总是念不好她名字的竹马，只有在着急的时候能将她的全名脱口而出。

和她不同班的卓定听到她晕倒的消息，当下就冲到了校医室，像一头不管不顾、横冲直撞的小牛犊。卓定三两步就来到了床边，看着躺在病床上脸色格外苍白的江星礼，那种焦急的火气便像到了无氧的真空环境，"扑哧"一下就灭了。

躺在病床上的江星礼看起来太苍白了，他手足无措地拉来一个凳子坐在床边，想去握江星礼的手，又因为上面正触目惊心地插着输液针而滞了动作。

"怎么回事？"他低声问，声音听起来闷闷的，像是在努力控制自己外露的情绪。

卓定只有在江星礼面前才能忍耐住日渐变坏的脾气，那刻在基因里无法被把控的本能，只有名为"江星礼"的药剂才能抑制。

"正常的生理现象罢了……我15岁了，小定，你明白的。"江星礼踌躇了一下，还是动了动嘴唇，闭上眼虚弱地回答。

继而她眼睁睁地看着卓定的脸色差了起来。他用力抿紧嘴唇，随后用力地钩住了她的手指——他不敢去握她插有输液针头的右手，却又想给予她一些慰藉。

江星礼感受尾指传来的温度，笑了笑，不忘安慰一句脸色不好的卓定："没事的，小定……我就是有点儿不舒服，一会儿就好了。"

她偏过头，不去看卓定担忧的目光。

她其实不想在这个时候见到他。

被无形割裂的痛楚远没有心底莫名其妙产生的心悸疼痛，她有轻微低烧的症状，后颈正发着烫。江星礼睁着眼，愣愣地望着洁白的天花板，世界好似在这个瞬间被一分为二，一边色彩鲜明，一边黑白灰暗。

她在15岁的生日这天被划分到了一个洁白的世界，视线里都是凌乱的噪点，她是这千万噪点中微不足道的一个——

她的第二基因为 β。

理所应当，她却想要痛苦地质问全世界为什么。

12

轻蔑的笑声使江星礼从回忆的旋涡中抽离——

"江星礼，你是把卓定当成了有别于我的另外一种生物吗？"

她认为卓定与褚夏不同的论调，让褚夏仿佛听到什么笑话一般捧腹大笑。他笑够以后叹了口气，用不能理解的眼神同情地看着她。

"他现在护着你、对你好，只因为还没意识到你已经和他不同了而已。"褚夏无所谓地插着兜，口吻端的是好心劝解，脸上的表情却像在开玩笑，"还是说，我们星礼觉得，自己的第二基因会有突变的可能？"

第二基因的遗传链早就在进步的科学中被研究透彻——第二基因为 β 的家庭，诞下的后代百分之九十五都会为 β，仅有百分之五的可能性会变异成 Ω。

百分之五并不是个特别低的概率，但江星礼并不认为自己会成为百人中的五位幸运儿之一。

她蓦然想起前几天卓定嘟囔似的抱怨。

卓定的长相完全遗传了他的父母，年少时就英气，成年以后肯定会越发英俊，锐利得夺人眼球。

时间没能改变他执拗的一面，卓定对他的青梅仍然充满了无法言表的保护欲。他漆黑的瞳孔里仍然有光有火，明亮得刺目，只注视她一人。

"最近总是牙疼……"卓定皱着眉，用舌尖顶了顶腮，随后郁闷地趴在桌子上，只露出一双眼睛，透过碎发看着江星礼，像是犬类在"呜呜"地嘟囔，"不会是龋齿吧？"

在生理卫生课上认真听讲的好学生江星礼示意他抬头，小心翼翼地摸了摸他的脸："有可能是腺牙在长……小定，我看看好吗？"

卓定含混地"嗯"了一声，微微张开了嘴，又因为江星礼触碰他的脸颊的手指轻轻地皱了皱鼻子。

少年的唇形生得漂亮，略有一些上挑，却又不是明显的笑唇，他看起来倒更像是小憩的雪豹，被驯服后乖顺地张开嘴，任由柔软的手指轻轻地压在唇畔。

本该长成虎牙的牙齿更尖了些，江星礼光是看着就能生出一丝钝痛感。他日，或许这张漂亮的嘴便会流连于谁的后颈，以他特有的温柔亲吻对方。

"好像真的是。"

不同于卓定的后知后觉，江星礼知道这种变化意味着什么，心下涌起一阵突如其来的忧愁，而她面上不显，仍然像往常一样抿着嘴矜持地笑了起来："生理书上说，这是第二基因给少数人的礼物。恭喜你，小定。"她少见笑得灿烂，看得少年一阵恍神，"这是好事情。"

好事情，天大的好事情。她明白的，没有人比她更明白卓定迟早会站在她的世界的另一边这件事。

可即便如此，卓定对她而言仍然是不同的。

于是她抬眼看向褚夏："他就是与你不同。"

江星礼的眉眼过于细腻，看着是苦相，尤其是她蹙着眉毛微笑的时候，看起来格外忧愁："至于基因，我从来没有那么想过。

"小定他不会因为基因便对人不同。

"而我，也是。"

13

易感、冲动、本能……

生理课本上白纸黑字罗列的内容落入眼中，卓定烦闷地合上书本，在播放的说明声中光明正大地走神儿，把头埋进胳膊里，闭上眼。

被这些词形容的基因者，听起来比起人类，更像是尚未开化的畜生，会被原始的欲望驱使，根据本能行事。

江星礼先他一步来到了那扇门之前。

医务室狭窄的临时病房里，卓定沉默地坐在可移动的小型转椅上，看着他的青梅苍白地躺在这张又小又窄的病床上。

江星礼闭眼时给人的感觉很脆弱。她不自觉地蹙着眉，看起来好似是在睡眠中遭到了噩梦侵扰，不踏实得近乎可怜。

女孩子好像从来都早熟一些，无论是在生理还是心理上。卓定盯着江星礼的脸，伸出的、想要握住她冰凉掌心的手，最终还是收了回去。

他迟钝地意识到江星礼已经脱离了年幼时那个稚嫩的框架，如同陶塑的坯子不知不觉有了成人的雏形，率先被塑造成了社会期望的模样。

从此江星礼不再是江星礼，别人提起她时，第一反应更多的是要谈及她的基因、她的价值。

挂起来的生理盐水无比漫长地滴着，现在还是上课时间，校医室里安静得让人难受，消毒水的味道并不比三甲医院里的淡，熏得卓定忍不住耸鼻子。

"翘课了？"卓定正低头无所事事地把玩着手机，冷不防听到不知何时醒过来的江星礼有些无奈的沙哑嗓音，手机一滑，"啪嗒"一声掉在地上。

"翘了，无所谓。"卓定懒得捡手机，第一反应是去取放在床边的矿泉水，拧开以后递给江星礼，"你的嗓子哑了。"

"翘课不好。"她摇摇头，说着责怪的话，却忍不住在接过水的时候小幅度地笑了笑。

被误触的手机还在播放随机刷出的小视频，是黄金档肥皂剧的宣传广告，主持人正不怀好意地询问年轻貌美的演员在和另一名演员搭戏的时候有没有心动。

"听说对方的第二基因和你很合拍，有感觉到悸动或者不同的气息吗？"

能让所有观众热血沸腾、嗷嗷直叫的问题从手机的扬声器里直白地传出："听说相互吸引的第二基因，能让人闻到不同寻常的气味……"

卓定一把捞起手机，粗暴地按下了静音键，主持人八卦的声音

· 225 ·

戛然而止。江星礼保持着喝水的姿势，下咽的动作却慢了一拍。

"谢谢你，小定。"

她慢吞吞地扭回瓶盖，如常道谢，露出如往常一般能安抚卓定的暴躁脾气的微笑来。

14

卓定有段时间为过分敏感的嗅觉困扰过。

从四面八方传来的气味信息实在是杂得过分：食物的香气、提炼合成的香水味以及来自人身上的气息，种种气味混成一团，叫人心烦意乱。

即便长大，江星礼还会像小时候一样到他的房间做客。

对于目前他所处的这个社会而言，人与人之间的性别观念已经没有以前那般明显的界限，取而代之的是以第二基因划分的隔阂。只要不是能够相互吸引的基因，他们哪怕亲密无间，也不会惹人遐思。

江星礼已经跨过了那道门，卓定还没有。不过根据他父母的基因，他的第二基因哪怕不用去检测也已是板上钉钉。

他们在外人看来是最安全的青梅竹马。

"味道？有吗？"

耐心地倾听他的烦恼的江星礼合上搁在大腿上的书本，抿着嘴唇思索了片刻，挪了挪因为久坐有些酸涩的大腿，拉着坐垫与卓定更加靠近些许。

她抬起胳膊嗅了嗅自己的袖口："我只能闻到衣服上洗衣液的味道。"

"现在闻不到了。"卓定觉得今天身体诡异地不适，抬手用力揉了几下后颈，嫌弃地抽了抽鼻子，"但是在学校的时候，最近经常能闻到奇怪的味道。"

"可能是谁上课偷偷吃东西。"江星礼软着嗓子附和。

"应该是吧，时不时就能闻到，真够爱吃的……"后颈的疼痛越揉反倒越鲜明，卓定心不在焉地顺着江星礼的话抱怨，对其他同学不满的话听起来倒有点儿在跟江星礼撒娇的意思，"你身上就没有那些乱七八糟的味道。"

这话听起来有点儿暧昧。卓定不过脑地说完以后就觉得糟糕，抬起眼正准备和江星礼解释，却猛然对上她骤变的脸色。

"啪！"他幻听到什么被点燃的声音。一根燃烧的火柴被丢进了汽油箱里，后颈处的钝痛发酵成灾，爆发为无法忍耐的痛楚，失控地灼烧他所有的神经。

好痛——卓定想伸出手握住江星礼的肩膀，安慰她自己没事，然而刚伸出的手猛然顿了动作。他闷哼一声，痛苦地揪住胸口的衣服，就连呼吸也变得艰难，感觉如同被铁杆迎面砸穿了头颅，呼啸而来的眩晕感让视线迅速失焦。

"江……"

江星礼焦急的声音，她的面庞，她紧紧抱住自己、无措地拨打救援电话时传来的颤声……一切一切都在离他远去。

网络上的生理讨论帖把分化矫情地比喻成最漫长的生长痛，可在此时的卓定看来，阵痛远不及视野里逐渐变成模糊噪点的江星礼更让人恐惧——

她每时每刻每分每秒，都在他的眼里极速褪色。

她的气息、她的眼神、她无味的沉默、她隐藏在碎发下纤细苍白的脖颈……

他身体深处的基因被时间唤醒，卓定痛苦地闷哼，幻听到骨骼被打碎重组的"嘎吱"声。

原来他嗅到的不是无关紧要的气味——那是他今后的桎梏，是他认为低劣的本能，是他潜意识里不想面对的现实。

向四肢百骸蔓延的生长痛讥笑着他的天真、他的想当然。

江星礼……

分化的阵痛中，其他的基因于他而言都将变成无关紧要的细小尘埃。身体的热度在逐渐流失，模糊的视线里，他的青梅消失不见，刺眼洁白的噪点闪过他的眼前，终于艰难地拼凑成了女性娇小的手掌，带着温度，一直紧握着他垂下的右手。

我不想从此感受不到你。

15

江星礼很长一段时间都觉得自己在被驯化。

广为人所知的最新科研成果永远是新型的抑制药物，对人体无害的安全栓剂近期也在销售清单的热榜前五名。

弹窗只占据了终端显示屏的一角，画面中心正在播放社会学的专业课讲座，贵族出身的教授用古板的腔调讨论新型药物仅向下使用是否可以被视作一种划分基因种族的阶层蔑视。

江星礼改不掉抿嘴的习惯，垂下眼习以为常地关掉跳出来的弹窗广告。

然而紧接着又有一条新信息跳了出来，不过这次不是广告。

通信软件置顶的消息框弹出一条言简意赅的消息："来。"紧接着的就是一个定位地址。

消息来自"小定"——这是江星礼对卓定从小到大的昵称。而她现在必须努力学着改口，不再叫他"小定"了。

距离下课还有五分钟。

卓定的记忆力出奇地好，每个学期最开始，他就能把她的课表记得滚瓜烂熟。他知道今天她已经没课了，于是便发来了邀约她的短信。

江星礼戳开对话框，点开定位扫了一眼，回复道："好。"

其实不用点开定位，她也能大致猜到卓定现在在哪里。

一般来说，他不是在大学附近那家最受欢迎的咖啡店，就是在社团的活动室等她。今天卓定有社团活动，那应该就是在射击馆。

不断推进的社会浪潮带来的从来都是苦乐参半的"好事情"。

现如今，蒂亚斯主星原本固化的阶级与思想已经在前进的科学浪潮中被瓦解大半。生活在这里的人类已经不需要再像几十年前那样根据第二基因被划分等级高低，就连就读也要被干涉——以往，第二基因为 α 的人必须入读军校，而 Ω 人种则需要入读受到严格监管的私立学院。

如今，综合大学的增加与建设给未来带来了新的可能，多元基因的加入也给综合大学带来了新的优势——

身体素质的差异摆在这里，有 α 基因的学生天生就拥有更为强悍的体魄。他们的加入使得综合大学的体育水平有了质的飞跃，联校的体育比赛观赏性飙升，所以现在每年一届的地区联校综合运动会甚至到了需要买票入场的程度。

卓定在入学初就被各大社团围着争夺，最后选了个能对上江星礼回家时间的射击社。

不过，即便社会发展至此，仍然有传统派坚持认为，人类必须按照"本该拥有的样子"生活。

江星礼还记得前年填志愿的时候，卓定每次进行志愿商谈都会和父母吵起来。原因在于卓定放弃了根据父母意愿参加的军校预录，执意要考综合大学。

班主任夹在中间左右为难，只得在卓定的志愿商谈结束后拉来江星礼，让她帮忙劝说卓定。

"看看。"看起来吊儿郎当却能和学生打成一片的中年男人头疼地拿着卷起来的教案敲了敲脑袋，用另一只手推了一张皱皱巴巴的志愿表到江星礼面前，抬了抬下巴示意她拿起来，"那臭小子的第一志愿和你填了一个学校。"

班主任翻着资料，想起江星礼和卓定的基因判定，随口问道："我记得你俩是从小一起长大的？"

"是。"江星礼迟疑着点头。

闻言，班主任似笑非笑地看了一眼江星礼，意有所指："这么大了关系还这么好的青梅竹马可不常见。"

江星礼吃不准班主任是什么意思，只能拿着志愿表认真地看着，干巴巴地挤出一个音节："嗯。"

第二基因同为 β 的班主任并不介意她小心翼翼的态度，跷了个二郎腿，转过身对着屏幕批起了卷子，托着腮漫不经心接着道："'嗯'是什么意思？说说想法。"

"我——"江星礼张了张嘴。

她能有什么想法呢？

她从最开始就竭力地想要避免成为这场博弈的砝码。她不敢去衡量自己的重量，不敢去猜测卓定的行为，害怕自己这个如此轻的砝码会打破所有的平衡。

他想要入读综合大学的心思并不难懂，但江星礼不敢去戳破这层薄薄的窗户纸。由她伸出手拉起的卓定自愿地走在她前方太久，无论是 15 岁之前，还是 15 岁之后，他永远毫不犹豫地挡在她的身前，为她挡住所有可能欺凌她的人。

然而，八年前还和她一样瘦弱的英雄已经到了要撕下专属于她的标签的时刻。

她不能再当那个仍然扎着羊角辫，露出脆弱模样的江星礼。

被江星礼攥在手里的志愿表皱皱巴巴的，上面的字迹略有晕开。纸张带着不整齐的毛边，沿着这些不规整的毛边的是透明胶带拼贴的痕迹。

江星礼轻轻地叹了口气，一眼便看出卓定的父亲一定是在盛怒之下撕了他的志愿表，逼着他重填。

而卓定显然比他的父亲还要硬气，愣是连重写也不肯，就这么把这张志愿表拼好了，交到班主任的手里。

她该拿他怎么办才好？江星礼抿了抿唇，只是垂着眼，轻柔地抚平上面的褶皱，纤细的手指掠过纸面，与上面书写潦草的"卓定"二字极轻地擦过。

她把手中的纸郑重地递回班主任的面前："他应该是自由的。"

卓定是自由的，不应被所谓的"标准"和"世俗"束缚。

江星礼的声音和她本人一样，符合她的第二基因，是那种会让人称心如意的文静。

而如此乖顺地去迎合社会对她的塑造的江星礼，会在这种时候执拗地盯着大人的眼睛。

她这称得上是坚定的回复，让班主任终于把注意力从屏幕上转回她的身上。

他看着眼前除了他自己，谁也没看透的、同样有着撞破南墙的气势的江星礼，笑着点了点这张皱巴巴的志愿表，手指点在除了第一志愿其他都是空白的填写框上："那至少多填几个备选吧。

"还是说，你也只填了一个志愿？作为班主任，我可不支持这种行为啊！"

16

今天是射击社的参观开放日。

江星礼发现自己到得有点儿早了，射击社的活动时间还没结束，可供参观的射击训练场上仍然时不时地传来枪声，电子屏上滚动着分数和射击者的名字。

她在二层的观众席找到了那个视野不错的老位子——是第一次来参观时卓定特意给她找的。江星礼压着裙子坐好，安静地看着卓定完成最后一轮的练习。

面孔已然退去青涩的青年举枪，瞄准靶心的姿态专注，毫不犹豫地扣动扳机。

"砰"的一声，子弹中靶，十环。江星礼还来不及收回目光去看电子屏上的分数，就和一把扯下了护目镜的卓定四目相对。

那双明明很漂亮，却因为眼神过于不耐烦而让人产生距离感的漆黑眼珠里落入了她的身影。就像一丝光点亮了幽暗的星河，她看到卓定的眼神亮了亮。

年轻不驯的青年因她的到来，露出了看起来格外柔软的笑容。这抹笑并不深，但他周身的气氛显而易见地变得温和，不再是仿佛看谁都不顺眼的尖锐。

"江。"卓定不耐烦地扯掉护手，丢进用品清洁区，三步并作两步地走到观众席下方，半层楼高的台阶也挡不住他望向她的目光，"你等我一下，部长有事找我，说完就跟你去吃饭。

"你……呃，去活动室的柜子前等我吧。"卓定皱起眉，略带烦躁地抓了抓后脑勺儿，有些犹豫地提出这个建议，"今天应该没什么人留下来。"

随后这个建议又被他自己否定了，他向后抓了一把被汗水打湿的头发，轻轻地耸了耸鼻子："不，算了，我去借个私人的休息室。"

江星礼倒是明白卓定的潜台词。

因为小时候共同被欺负的经历，卓定相较于一般的人更容易和天生就弱小的群体共情。他知道把江星礼放在一个 α 人种群聚的地方是多么不靠谱儿——尤其江星礼还是女性。

"不用，这太麻烦你了。"江星礼本想一口答应，然而偏偏不合时宜地想起来褚夏的话。她不认可褚夏说的话，可同时也很难再继续心安理得地享受卓定的照顾。

"我帮你去活动室拿包，然后一起去吃饭。"江星礼顺势扶着栏杆，稍稍弯着腰，提了点儿音量，生怕卓定听不清，抿着唇微笑，"把你的卡给我，然后小定先去食堂吧。"

卓定皱眉，仍然觉得不放心。可江星礼已经朝他伸出了手，柔弱白皙的手掌落在他的视线里，叫他很难拒绝。

他只能掏出口袋里开通了权限的学生卡，抬手一掷，略有重量的硬卡顺着抛物线，精准无比地被投入江星礼的手里。

"好吧。"他略不放心地叮嘱她，"拿了就走，别久待。"

17

"江星礼？"

江星礼面无表情地关上了储物柜的门，将卓定那几乎没什么重量的包抱在怀里，才转过身来对褚夏点了点头，随后就错开一步，想要借道离开。

"帮卓定拿东西啊？你俩关系真好。"

褚夏话说得亲切，行为却和小时候堵住她那会儿一样霸道——他一拳轻轻砸在另一个储物柜的门上，用手臂拦住了江星礼的去路："你们是因为一起长大才这么亲的吗？

"同样是青梅竹马，星礼对我的态度却很差。"嘴上说的是受伤、抱怨的话，但是褚夏笑嘻嘻的，"为什么呢，星礼？"

他说这话的时候紧紧盯着她的眼睛，是在观察她的反应。

第二基因决定的东西太多，这种天然形成的生理差距自然而然地便会形成关乎基因的霸凌现象。这种恶意捉弄他人的事即便在大学也仍然屡见不鲜，大部分的 β，尤其是看起来更为柔弱的女性 β，时常会遇到这种事。

江星礼明白褚夏是存心找不愉快，但不愿节外生枝。

"请让让。"褚夏着重强调的事实让江星礼久违地感到了不快，她强迫自己忍耐下去，侧过脸，试图掉转方向从另一头离开，却仍然被褚夏堵了个严实。

褚夏的态度很明确，是明晃晃地流露在脸上的恶趣味："不说清楚理由就别想走。"

"理由？"一直以来几乎将隐忍写在脸上的江星礼猛地推开褚夏刻意压迫过来的身躯，却被轻而易举地捉住手腕，她被迫地就着这个姿势和褚夏对视。

她直视褚夏的眼睛，与小时候视线躲闪的模样不同："你不是一直都知道理由吗？我不喜欢你。"

"不喜欢我是吗？你这话听起来倒像——"褚夏并没有被她略带嘲讽的语气落了面子，反而痛快地笑了起来，偏要踩着江星礼的底线冒犯。

他压低身躯，凑近她的耳边——这其中毫无暧昧的意思，只是身为强势一方的本能让他习惯了这种掌控感十足的反击。

褚夏眯起眼，愉快得好像看破了江星礼的秘密："你喜欢卓定。"

如他所料，他掌中禁锢着的纤细手腕果然一颤。

18

"江，怎么去了那么久？你——"

江星礼没走出射击训练场的活动室多远，便看到换掉运动服的卓定迎面走来。

她下意识地扬起一个笑，想问卓定在食堂找到位子了没，却眼见着他的脸色肉眼可见地差了起来。江星礼敏感地张了张嘴，把没说出口的话咽了下去。

卓定没对她露出过这种神情。江星礼不由得站在了原地，心下不安，只能呼唤竹马的昵称："小定？"

卓定在靠近她后皱起了眉："你身上……"

卓定的相貌英俊得近乎锋利，因此他皱眉时总是会给人一种充满戾气的错觉。第二基因里的上下位意识带有趋利避害的本能，江星礼的本能告诉她现在应该后退。

但是，也正是因为眼前的这个人是卓定，江星礼奇迹般地战胜了想要逃走的生理本性。

她仰起脸，再开口时选择了更为柔和的口吻尝试追问，用她熟悉的技巧安抚看起来陷入了某种焦躁之中的卓定："什么？我身上有什么吗？我不是很清楚……"

但与她想象中的卓定会像小时候一般渐渐地平静下来，然后闷声和她解释的情形不同——卓定只是定定地看着她，随后别开视线，狠狠地呼出一口气后，抬手抓了抓头发。

这是他强装出来的若无其事，江星礼知道。

"没事，先去吃饭吧。"他说道。

19

自那之后，卓定再也没有表现出任何烦躁的迹象。江星礼虽然在意那时候他的欲言又止，但卓定的嘴巴很紧，他不想让她知道的事，她很难问出来。

江星礼只得作罢，好在卓定的反常似乎就像是那天她的错觉，第二天他的态度依然如常。

然而当听到学院里的处罚通知时，她才反应过来异常一直存在，只不过卓定习惯了在她面前充当完美无瑕的英雄竹马，不想于她的印象里添上任何不好的标签。

江星礼慌慌张张地推开校医室的门，正好赶上卓定叼着上衣让校医给他背部的伤口涂药。

听到声响，医患二人同时扭头。卓定似乎有些没想到江星礼会来，脸上迷茫和慌乱的神色一闪而过，原本咬在牙间的上衣也掉了下去："江？你怎么……"

"女朋友来了？正好帮他擦一下药。"校医倒是松了一口气，用过来人的语气招呼着在门口不知如何是好的江星礼，示意她来接替自己的工作，"这群精力旺盛的狗崽子整天惹是生非，隔壁还有几个不舒服的等着挂水，我就不处理这点儿鸡毛蒜皮了。同学，你正好也劝劝男朋友少打架。"

"添麻烦了，不好意思。"

这种误会经历过太多次，江星礼已经不会再去和外人解释自己和卓定的关系。她老老实实地接过校医塞过来的棉球和碘酒，顺势替卓定道了歉。

外表看起来凶得生人勿近的卓定这时候倒像是被拔掉了利齿的雪豹，心甘情愿地把爪子也收回肉垫里。他看着抿着唇沉默不语的江星礼，有些心虚地把视线移到一边。

"背。"江星礼没有先问他为什么要打架、和谁打架，只是言简意赅地示意卓定重新把卫衣卷起来，好让她上药。

卓定低低地"嗯"了一声，干脆直接反手就把卫衣脱了下来。卫衣皱成一团卡在他的手肘处，他索性就这么抱在怀里，背对着江星礼。

"好了。"他唯独和江星礼说话时会降低一两分音量，声音听着闷，但总有种猛兽臣服的温顺，以周身的氛围诉说着他现在是无害的、乖顺的。

见他这样子，她还怎么将责备的话说出口？江星礼叹了口气，垂下眼仔细地给棉球蘸上碘伏，熟练地拿着镊子夹住吸饱药水的棉球，轻轻地点在擦伤的皮肤上。

她陡然想起了之前那个梦境，在那个梦中，成年的她和卓定在重复幼年的初遇，但卓定脱下衣服后露出的瘦削脊背已经不再脆弱，如她现在所见的——它标志着成年，象征成熟。

那个梦境或许是一种预兆——暗示着她和卓定再难维持幼年的关系，专属于她的英雄和扎着羊角辫的女孩儿都已经长大，少女变为女人，她很久之前就不敢再做英雄永远属于自己的梦了。

现在不是想这个的时候。江星礼甩掉这些不合时宜的思绪，静下心替卓定处理伤口。他的后背上面布满了细碎的擦伤和大片影响了肩胛骨美感的瘀青。

卓定这伤势看着吓人，其实不算什么，不然校医也不会用如此随意的态度对待他。

第二基因是多么狡猾和傲慢，它区分人与人，就连身体机能都要划分差异：这种程度的伤势，若是放在 β 或者 Ω 人种的身上，多半是要进医院的，但放在 α 人种的身上，也就是到医务室随便处理一下，家常便饭的程度。

也正是因为这种差异的存在，江星礼忍不住想得更远了一些。

她在抿着嘴唇上药的过程中一直等卓定主动开口。只不过，这个对她向来还算好说话的竹马这会儿像是个哑巴，她全程只能听到他平稳的呼吸声。

"小定。"江星礼的眉峰生来就是微微朝下的，她蹙起八字眉时有种天生脆弱的苦相。她处理好了伤口，拍了拍卓定的背，示意他可以转身。

她看着他漆黑的眼珠，继而犹豫着开口："对方……"

她担心卓定是否下手过重了，这说不定会影响他的在校评定。鉴于她对卓定以及对第二基因的了解，和卓定打起来的那个人只会伤得比他更重。

"死不了。"但这句话似乎意外踩到了卓定不应存在的雷区，就好像原本温顺的雪豹骤然乍开了尾巴毛，他的相貌本来就容易让人产生距离感，此时此刻，卓定压低的眉峰让他整个人看起来格外不温顺。

他粗暴地扯着衣领抖了抖，语气不耐烦："褚夏那家伙皮糙肉厚，估计打断半根脊椎都能活蹦乱跳地发情。"

"你和褚夏？"江星礼从来没有听过卓定用这种语气说话，但此时没有余力去吃惊，而是抓住了另一个让她不知所措的重点。

"为什么和他打架？"迷茫和混乱让她下意识地攥住卓定的袖子。

卓定移开了视线，自嘲地扯了扯嘴角："没有为什么，看他不爽……我们这种人不都这样吗？"

你说谎。

江星礼紧紧地追逐着卓定的视线，咬紧嘴唇，盯着他，执拗地摇了摇头。

你根本不是那种会放纵本能的人，不是吗？

"咖啡店的限时菜单今天上，我记得你之前就说想吃。走吧，我请你吃，就现在，晚了就要排队。"卓定自觉说错了话，皱着眉的表情变得有些懊恼。他拙劣地变换着话题，并不想让江星礼继续将这件事深究下去。

江星礼不太死心："可是……"

没有给她继续"可是"的机会，卓定强硬地握住她的手腕，带着她往外走："走了。"

20

看到江星礼变了脸色的瞬间，褚夏就知道自己猜对了。

"是吗——我们星礼喜欢上 α 了啊！"

他用一只手箍住江星礼的右手腕，另一只手毫不犹豫地扼住她纤细的脖颈。这种程度的无礼对于江星礼而言却是久违的——有卓定在她身边以后，没有人再敢仗着第二基因的优势，耍这种恶劣的把戏欺负她。

褚夏没有用力，虎口松松地卡在江星礼的喉管上，但这足够让江星礼脸色惨白。她努力稳住紊乱的呼吸，被迫屈辱地仰起脖颈，艰难地眯起眼看他。

明明是在说卓定与她之间的事，褚夏偏偏用了更宽泛的词，他故意提及第二基因，笑得无比恶劣："β 喜欢 α 可是要吃苦头的，我想江星礼你应该很清楚这一点才是。"

她当然清楚。

江星礼仰视面前正在用自己取乐的褚夏，眼眶逐渐发热，充盈在眼中的泪水让视线变得模糊。

她再清楚不过。

只不过她想哭的理由并非被褚夏如此傲慢地掐着脖子，也不是被这句残忍但大多数时间都是真理的话刺痛。褚夏的欺凌、褚夏的报复……一切的源头是第二基因对她的嘲弄，基因赋予了褚夏傲慢的底气，此时他正在用这种与生俱来的差距将她踩在脚底愚弄。

"你会被当成笑柄，会被戏弄，会被吃干抹净，骨头都不留。"

褚夏看着江星礼流泪的样子，笑着将这些残酷的话一字一顿地吐出来："基因都不一样，被当成玩具要怪谁呢？

"你见过不少这样子不自量力的人，不是吗？"

是的，没错，她确实见过，甚至见过很多。

新的浪潮哪怕再大，仍然冲刷不掉遗留下来的一些事物。

哪怕在综合性的大学里，大部分人都是以第二基因为界限划分人与人之间的距离、评判彼此的差距，就像黑羊与黑羊为伍，白羊与白羊抱团。

但是偶尔会有很奇妙的组合出现，就像是一群白羊里混进来一只黑羊。

这个小团体里面的黑羊大概率是白羊群中某一人的爱慕者——小小的黑羊努力接近喜欢的人，试图讨好心上人的白羊朋友们。

然后这个人——这个异类，这只格格不入的黑羊——会被当成笑柄，当成随叫随到的"钱包"，被暧昧地戏弄，被从头到尾吞噬干净以后获得一句轻佻的道歉的话——

对不起，第二基因选择不了你。

傲慢的白羊不可能接纳黑羊，哪怕黑羊涂上滑稽的面粉，竭尽全力想把自己变成纯白的模样。这很痛苦，来自第二基因的歧视简直就是在作践一个人的恋心和尊严，但让江星礼痛苦到流泪的不只是因为这个。

如果有一只白羊接纳了黑羊，那么整个白羊群又要如何看待这个异类呢？

汇聚在眼中的泪水终于因为让咽喉不适的缺氧感从眼眶滚落，江星礼流着泪，神情却很坚定，浅棕色的瞳仁由于她转动眼珠的动作，看起来有湿润的光亮。

她流着眼泪瞪向褚夏，不再畏惧："不关你的事。

"这些都和你没关系，褚夏。"

久违的，她的眼神与当年不把水管交出时一模一样。

21

热榛果巧克力、巧克力蛋糕、花生巧克力巴菲……

卓定好像在和什么赌气似的，看着菜单面无表情地点下了一切和巧克力相关的食品。然后这些外表精美的甜食由侍者用银盘托举着，一道道地列在江星礼的面前。

属于巧克力的香气钻入鼻腔，江星礼被培养出习惯的大脑深深地铭记着这股香气，以至于她只是用目光简单掠过这一份份精致的甜点，味蕾已经涌现出幻觉般掺着苦涩的甜来。

她被香气包裹着。

江星礼抬头，视线所及，与她相对而坐的卓定同样被巧克力的香气包围。

"小定……"江星礼无所适从，十年来根深蒂固的习惯让她在茫然时脱口而出的是他的昵称——这个卓定从小就觉得别扭，但也没真的阻止她叫的称呼。

然而一小块插在精致食叉上的巧克力蛋糕抵到了她的下唇上，他并不给她说出其他话的选项："江。"

卓定漆黑的眼珠里有她看不懂的执着。

"你觉得怎么样？"

仍然是那个雷打不动的问题。

巧克力的脆皮融化，里面甜腻的慕斯沾上她的嘴唇。

22

"怎么和我就没关系了？毕竟在我看来，我们星礼和我还算是要好的童年玩伴……姑且。"

褚夏毫不在意她抗拒的脸色，轻松地微笑着，扼住她脖颈的右手却在一点点地收紧："小时候的事，我很抱歉。之前都没有认真跟你道歉过，我很愧疚，所以想补偿你。"褚夏的手掌宽大异常，而她的脖颈过于纤细。他只是稍微收紧手掌，窒息感就涌上她的喉头。

江星礼痛苦地皱起眉，感觉到后颈处传来被手指掐紧的刺痛，不得不拼命地仰着脖颈，竭力地呼吸。

褚夏轻蔑地笑了："不好意思，稍微用力好像就掐出痕迹了。"

随后，江星礼的窒息感猛然中断，因为褚夏突然就这么松开了手。力道一卸，她瞬间脱力，瘫软地靠着储物柜滑坐在地上。后怕和眼泪一同涌出，她捂着脖子拼命咳嗽，白皙的脖颈上烙下了痕迹。

"这个项圈不错，江星礼。"褚夏瞥了她一眼，随手把落在地上的包塞到她的怀里，"这个就当是我送你的神秘大礼包了。"

"你走前面。"

卓定以不知道那家新开的咖啡店在哪儿为由，理所应当地让江星礼走在前面带路，而他则落后一步，跟在江星礼身后。

江星礼来射击馆前是扎着马尾辫的，然而现在她将头发放了下来，欲盖弥彰地拢在脖子两旁。

发梢随着女性走路的步伐微微摇晃，柔顺的黑发偶尔从颈后往两侧滑开，她不想暴露在他面前的痕迹若隐若现。这一掐就断的脆弱脖颈上残留着细微的红痕，卓定面无表情地伸出手，隔着半步的距离，张开虎口虚虚地对上江星礼的脖颈，随后缓缓收紧了手指——

她是被掐的。

卓定突然想起江星礼 15 岁时的那次高热，烂俗透顶的节目正在暧昧地讨论第二基因：

"听说相互吸引的第二基因，能让人闻到不同寻常的气味……"

这种说法当然是假的、被浪漫化的。实际上第二基因中，只有两个人种存在独特的气味。江星礼是属于无味的那方。

而无味的她，此时此刻后颈的勒痕处散发出微弱的、来自他人的气息。

这个气息卓定再熟悉不过。

他会掐着那个狗崽子的脖子，勒出一模一样的痕迹。

巧克力的香味、被巧克力的香味包围的卓定。

她该如何去理解他每一次都会提出的相同的问题——

巧克力怎么样？

卓定怎么样？

你对卓定的感觉，是怎么样的？

对视之中，他们似僵持了许久，又好像时间并未过去半秒，但卓定似乎率先败下阵来。

沾到唇角的蛋糕融化了，而江星礼一动不动，甚至连原本紧张时会抿嘴的小习惯都忘记了。

她愣愣地看着眼前的卓定——为什么总是巧克力呢？

"算了，当我没说过吧。"她懵懂的神色让卓定选择投降。他欲要收回那柄多少有些冒犯意味的餐叉，连同那一小块已经碰到了她嘴唇的巧克力蛋糕的一角。

它即将被送入卓定的口中。

江星礼难以描述这刹那的松了口气与怅然若失的感觉。

为什么总是巧克力呢？无味的她，要记住这个香气的理由是——

蛋糕沾到了卓定的唇角，那一滴小小的可惜在恍惚中变成倾盆大雨。她醍醐灌顶，浅棕色的瞳孔突然微微颤抖起来。

江星礼急切地伸出双手，紧紧握住了卓定险些收回的右手。

那曾经缓解了他的生长痛的纯白色噪点包裹了他。

"这是你的信息素的味道，对吗？"

她哽咽着问道。

番 外 无 味

"问题不是很严重，下次注意一点儿就行了。"

正龙飞凤舞地写着病历的医生语速很快地用一种习以为常的态度对拘谨地坐在桌前的江星礼叮嘱道："不要因为觉得男朋友看起来很辛苦就随他的性子，要是他再咬重一点儿，你就得进第二基因的急救科了。"

脖子上缠着纱布的江星礼被讲得有些脸红，接过病历讷讷地称是，向医生鞠了一躬后慢吞吞地拿着打印的病历单从诊室出去。

她刚刚露了个头，坐在诊疗室外的塑料长凳上等着的卓定便立马站了起来，拉过她微微泛着凉意的手，把一直挂在臂弯上的外套抖开，将她牢牢地裹了进去。

"医生说没事。"江星礼扬起一个笑容，下意识地攀上卓定的手臂，柔软冰凉的掌心缓慢地摩挲着他结实的上臂。

卓定垂眼看她："嗯。"

虽然这么应了，但他还是紧紧地把江星礼抱进了怀里，像是攥着一个脆弱易碎的礼物，仿佛只要脱离他的怀抱与保护，她便会受到来自外界的伤害。

"我没事。"江星礼伸出手回抱卓定，双手拂过他的脊背。

她踮起脚，温柔地拍了拍他的后背，缓慢地强调了一次："我没事的，小定。"

她换了个话题，转移他的注意力："你的检查结果怎么样？"

这几天正好是卓定的易感期，他的情绪有些不稳定，容易起伏过大。她的安抚很奏效，她的气息让他很快回神，卓定松开她，握着她的手插进自己外套的兜里："没什么问题。

"医生说每个月抑制剂的剂量有些过大，但是知道我的情况以后也没说别的。"卓定淡淡地复述了一遍刚才医生教训他的话，只不过他没跟江星礼说全，那个医生还指责他太过年轻，感情用事，完全不对身体负责。

难道就要因为这个该死的生理结构，他连自由地喜欢谁的权利都没有吗？

被他握在手心里的柔弱手指微微蜷缩起来。江星礼向来担心他的身体，"抑制"二字触到了她的神经，她缓缓低下头，另一只空着的手也不安地挽上卓定的胳膊。

你不要再打了。江星礼好想这么对他说，但说不出口。

"好，没事的，小定。"江星礼重复了一遍刚才说过的话，收紧了手臂，轻轻地把头靠在卓定的肩上，也不知道这句"没事的"到底是在对谁说。

这是她和卓定在一起的代价。她甚至不能说"对不起"——她和卓定约好了的。

他们来医院也正是因为卓定这几天易感，生理的本能让他这几天看起来格外暴躁，除了江星礼没有人敢凑过来，生怕触了他的什么霉头。

这不是卓定第一次这样，这是第二基因决定的事情：这个世界上有需要安抚的人，以及专门安抚他人的人。而第二基因的序列有三种，江星礼正是不需要安抚，也不能够安抚他人的那种。

他们交往后的日子喜乐参半，不算煎熬，但也不是过分顺利。以往她都是握着卓定的手安慰他，仰起脸静静地看着天花板，耳边是卓定沉重的呼吸——他迫切地想从她的气息之中得到安慰，但江星礼像一杯凉白开，无味得安静。

拥住他的是一片纯白色的噪点，但卓定知道这片茫茫的纯白是江星礼。他用力地抱紧了她，唇移到宽大的衣领处露出的苍白脖颈，虔诚地一点点吻下去。

多么杯水车薪的徒劳安慰……

战胜本能是难于登天的事情，可那个人是江星礼，所有的痛苦他都甘之如饴。

然而昨天的痛格外剧烈，大概是从大学到公寓的那趟拥挤的地铁的错，人与人的气息交杂在一起，第二基因的相互吸引诱发了热潮的决堤。

卓定在看到江星礼如往常一样无知无觉地解开衣领后便意识到了不妥——她那段苍白的脖颈看起来格外脆弱，足以滋生一个人所有的摧毁欲。

理智告诉他该推开江星礼，事实上他也先这么做了。他艰难地握着她的肩膀，让她与自己拉开距离，他不正常地泛着潮红的眼尾以及难以控制的力道应该能让江星礼意识到他在即将失控的边缘。

他忍耐着巨大的痛苦与冲动，让她离自己远点儿："江，走开，去拿……抑制……"

"没事的。"昨晚的江星礼也说了和今天同样的话，扑进卓定的怀里紧紧地抱住他，"没关系。"

于是热潮在她的纵容下彻底崩溃，原来克制的吻变作啃咬，他轻而易举地按住江星礼的后腰，埋头往她的脖子上咬了一口。

第二基因让他对恋爱的本能解读是食欲、啃咬、进食、烙印、标记……

被容许失控的是他，最先从这波浪潮中清醒的也是他。

"白痴！你刚才疯了吗？！"

苍白的后颈皮肤上齿印分明。见了血，卓定猛然清醒，这大概是他人生中第一次对江星礼说重话。他用力摁住还想伸手抱他的江星礼的手腕，另一只手捞出茶几下应急的医药箱，暴躁地抽出止血带，要给她包扎。

而凌乱的江星礼在他的禁锢下双眼含泪，撇着眉毛露出一个凄苦的笑来："可是，你很疼啊……"

无味的她，现在嗅起来有巧克力的浓郁香气。基因在欢欣雀跃，卓定的心却无法抑制地疼痛起来。

药箱里还存有一支专用的抑制药剂，卓定在包扎完成后便把它抽出，将排出多余空气的针头对准上臂的三角肌下缘，找到那个长期存在的小小针孔，垂着眼毫不犹豫地扎了进去。

注射一气呵成，热潮在药效的作用下冷却，接踵而来的是副作用的肌肉疼痛。卓定对疼痛的忍耐力很高，他神色如常，只是稍微皱了皱眉，很快就平复了原本剧烈的呼吸。

"我不痛。"这话有点儿睁眼说瞎话的意味，但卓定还是这么对江星礼说道。

"答应我，下次别这样了。"他伸出手替她把被汗水浸湿的鬓角碎发别到耳后，又检查了一下止血带的位置，"我有点儿不放心，明天去医院看看吧。"

见江星礼又有红了眼眶的迹象，他拧着眉毛补充道，像是在提醒她："我们之前约好的。"

是啊，他们约好了的——无论发生什么，她不要哭，也不要跟他说"对不起"。

喜欢上谁不该成为应该道歉的事情。

"我知道……"江星礼喃喃地重复着，伸手挽住卓定的手臂，顺势把脸重新埋进他的怀里。

用手指摩挲卓定的手臂已经成为她这段时间的习惯，三角肌下缘那个小小的针孔是长期注射才会有的痕迹。它是恋爱的刻痕、她尤昧的证明、他不该付出的代价。

她闭上眼，弯着手指去钩卓定的尾指："我们约好的。"

（完）